Anonymous

Deutscher Krieg:

Original Lustspiel in 3 Aufzügen

Anonymous

Deutscher Krieg:
Original Lustspiel in 3 Aufzügen

ISBN/EAN: 9783744634717

Hergestellt in Europa, USA, Kanada, Australien, Japan

Cover: Foto ©Andreas Hilbeck / pixelio.de

Weitere Bücher finden Sie auf **www.hansebooks.com**

Deutscher Krieg.

Original-Lustspiel in 3 Aufzügen
von
X. Y. Z.

Für

Honorar:

Der Verkauf dieses Stückes gilt zur Darstellung nur für den zu selbiger Zeit von dem Käufer inne gehabten Bereich innerhalb derselben Provinz, niemals aber bei Orts-Veränderungen über dieselbe hinaus, wobei jedoch für kleine reisende Gesellschaften billige Rücksichtnahme auf in demselben Provinz-Gewerbebereiche sich bewegende Uebersiedelungen gewährt werden soll.

Der Verfasser behält sich und seinen Erben oder Rechtsnachfolgern das ausschließliche Recht vor, die Erlaubniß zur öffentlichen Aufführung und Uebersetzung zu ertheilen.

Den Bühnen gegenüber als Manuscript gedruckt und dem **Theater-Commissions-Geschäft** von **H. Michaelson** in Berlin zum **ausschließlichen** Bühnen-Debit übergeben. **Geschriebene Exemplare sind unrechtmäßig erworben.**

X. Y. Z.

Berlin, 1871.
Druck von R. Bittner, Leipzigerstr. 107.

Personen.

Ludwig von Möllendorf, Gutsbesitzer.
Eugenie, seine Frau.
Bertha, } deren Adoptivtöchter.
Helene,
Hans von Stille, Gutsbesitzer.
August, sein Sohn.
Wilhelm von Stille, Major, sein Neffe.
Herr von Stark.
Der Kaufmann
Der Barbier
Der Schulmeister } von Möllendorf.
Der Schneider
Die Schneiderin
Ein Bauer
Rose, des Schulmeisters Tochter.
Franz, Diener bei Möllendorf.
Bauern von Möllendorf.

Ort der Handlung: Das Gut Möllendorf.
Zeit: Die Gegenwart.

Erster Akt.

(Die Bühne stellt den schattigen Theil eines Parkes vor. Rückwärts Anhöhen, aus welchen sich ein Wildbach herauswindet, der von hinten nach rechts in die erste Coulisse in einer kleinen Schlucht seinen Abfluß hat. Diese Schlucht ist in der zweiten Coulisse rechts überbrückt, so zwar, daß man von einem daselbst befindlichen Hügel auf die Brücke und von dieser auf einen Abhang kommt, der auf die Bühne führt. Vorne links ein großer Baum, darunter eine Bank, ein Tisch und mehrere Stühle aus rohen Baumästen zusammengesetzt.)

1. Scene.

Hans von Stille. August und Wilhelm.

Hans
(ein alter, schneeweißer Herr, das Prototyp eines deutschen Gelehrten, sitzt unter dem Baum, hat den Kopf in die Hand gestützt, die Schreibtafel vor sich, die Bleifeder in der Hand).

August
(ein kräftiger, hübscher Mann von etwa 30 Jahren, und)

Wilhelm
(ein etwa 35jähriger Mann, jedoch nicht in Uniform — gehen Arm in Arm auf und ab).

August.
O wer doch auch dabei gewesen wäre!

Wilhelm.
Alle konnten eben nicht dabei sein! Ihr mußtet daheim für uns sorgen, unsere Bedürfnisse herbeischaffen, uns mit allem Nöthigen versehen, und das habt Ihr redlich gethan. Was wäre aus unserem Muthe geworden, wenn er hätte hungern und darben sollen.

August.
Stolzes Bewußtsein, für sein Vaterland geblutet zu haben!

Wilhelm.
Jeder in seiner Art, mein Sohn. Wir haben gearbeitet mit dem Schwerte in der Hand. Ihr mit dem Spaten und der Feder. Wir haben Jeder seine Pflicht erfüllt, was willst Du mehr? (Zu Hans.) Habe ich Recht, Onkel?

Hans.
Nicht so ganz, mein Sohn.
August.
Nicht wahr?! Unser Verdienst hält keinen Vergleich aus mit dem unserer tapfren Krieger.
Hans.
Du irrst Dich, mein Sohn. Mathematisch berechnet ist unser Verdienst ein viel größeres.
Wilhelm.
Oho!
Hans.
Ich will Dir das ziffermäßig nachweisen. Nehmen wir an, Ihr hättet alle Wochen eine Schlacht geschlagen, und diese hätte 12 Stunden gedauert, das macht 720 Minuten der Aufregung. Wir haben aber die ganzen 7 Tage der Woche für Euch gezittert, für Euch und Euer Waffenglück gebetet, das macht 10,080 Minuten der Aufregung; es verhält sich demnach unsere Aufregung zu der Euren wie 1 zu 14. Wenn man nun dem Soldaten jedes Kriegsjahr doppelt anrechnet, müßte man es seinen Angehörigen 28 mal anrechnen, und auf diese Weise bin ich 88, August 53 Jahre alt.
Wilhelm.
Onkel, Onkel! Sie werden mit allen vaterländischen Frauen und Mädchen einen harten Strauß bekommen. Doch wie ist es inzwischen Euch ergangen?
August.
Wir haben dieses Gut gekauft, und da es sehr vernachlässigt und die Arbeitskraft, welche ich aufzutreiben vermochte, eine geringe war, hatte ich keine ruhige Stunde.
Hans.
Ich habe mich mit der Wissenschaft beschäftigt, und zwar vornehmlich auf militärischem Gebiete. O, ich habe interessante Studien gemacht. Willst Du meine Erfindungen verwerthen?
Wilhelm.
Das kommt auf die Erfindungen an.
Hans.
Führe Du vor Allem in der Armee das Theetrinken ein.
Wilhelm.
Das Theetrinken?
Hans.
Ich habe konstatirt, daß, wenn man in eine Tasse Thee Milch gießt, der Eierstoff der Milch sich mit der Gerbsäure des Thee's zu einer Art Leder verbindet. Ein Mensch, welcher täglich

drei Taſſen Thee trinkt, bekömmt binnen Jahresfriſt ſo viel Leder in den Leib, als zu einem Paar Schuhe nöthig iſt.
      Wilhelm.
 Aber Herzensonkelchen, wir tragen ja die Schuhe nicht im Magen!
      Hans.
 Da haſt Du wieder Recht. Da müßte man den Thee eigentlich als Fußbad verwenden. Ich muß doch gleich nachrechnen, wie viel man da nöthig hätte —
      (Setzt ſich und rechnet.)
      Wilhelm.
 Ich finde das Gut reizend. Habt Ihr hübſche und intereſſante Nachbarſchaft?
      Auguſt.
 Ein Herr Möllendorf iſt unſer nächſter Nachbar. Dieſer Bach ſcheidet unſere Beſitzungen.
      Wilhelm:
 Und dieſe Brücke verbindet ſie. Wird ſie benützt?
      Auguſt.
 O ja, die Damen vom Schloſſe gehen, wenn ſie im Dorfe zu thun haben, durch unſern Park.
      Wilhelm.
 Damen? Junge Damen?
      Auguſt.
 Ich glaube.
      Wilhelm.
 Haſt Du ſie denn nicht geſprochen?
      Auguſt.
 O doch —
      Wilhelm.
 Und dann glaubſt Du, daß Sie jung ſind?
      Auguſt.
 Du inquirirſt mich ja förmlich!
      Wilhelm.
 Junge, Du verbirgſt mir Etwas. Das hat Gründe. Du biſt in eines der Fräulein von Möllendorf verliebt?
      Auguſt.
 Die Damen ſind nicht die Töchter des Herrn von Möllendorf. Er hat ſie nur adoptirt.
      Wilhelm.
 Das weißt Du alſo doch? — Was ſind die Alten für Leute?
      Auguſt.
 Herr von Möllendorf iſt ein guter, aber ſchwacher Mann, der von ſeiner Frau vollſtändig beherrſcht wird.

                    Wilhelm.
Und diese?
                    August.
Ist eine herrschsüchtige, stolze und wie es scheint etwas knauserige Dame.
                    Wilhelm.
Die Mädchen?
                    August (schaut nach rechts).
Still, da kommt Jemand!

2. Scene.

Vorige. Helene.

Helene
(ein junges, munteres Mädchen, einen Strohhut auf dem Kopfe, ein Körbchen am Arm, kommt aus der zweiten Coulisse über die Brücke und geht über die Bühne nach links).
August und Wilhelm (grüßen sie stumm).
Helene
(dankt im Vorübergehen, wendet sich noch einmal um und geht dann links ab).
                    Wilhelm.
Das war sie! Du glücklicher Kerl!
                    August.
Was fällt Dir ein?
                    Wilhelm.
Hat sie sich nicht noch einmal nach Dir umgesehen?
                    August.
Das galt nicht mir. Sie hat Dich, den Fremden, angesehen.
                    Wilhelm.
Wenn das Mädchen einen Fremden so ansieht, wie muß die erst einen Bekannten anschauen. Also sie war es nicht?
                    August.
Nein.
                    Wilhelm.
Sie ist also die Andere?
                    August.
Du bist konsequent.
                    Wilhelm.
Und Du verstockt. Gestehe, und ich will mich mit Dir freuen —
                    August.
Das wolltest Du wirklich?

Wilhelm.
Vorausgesetzt, daß sich die Kleine dort mit ihrer Schwester freut, dann freuen wir uns zu Vieren.
August.
Nun denn, so wisse: Bertha ist ein reizendes, herrliches Mädchen und ich interessire mich ein wenig —
Wilhelm.
Schon gut. Spare die vielen Worte. Kurz und gut, Du bist verliebt. Hast Du es ihr schon gesagt?
August.
Mit keiner Sylbe.
Wilhelm.
Warum?
August.
Ihre Eltern haben ihr bereits einen Bräutigam ausgesucht.
Wilhelm.
Was hindert das?
August.
Erst wenn sie den ausschlägt, will ich —
Wilhelm.
Junge, Du spielst ein gewagtes Spiel —
Hans (steht auf).
Ich hab's! Ich hab's! 12 Pfund Thee und 45 Maß Milch geben ein Paar Schuhe. Dieses würde also ohne Arbeitslohn 28 Thaler und einige Groschen kosten.
(Geht zu seinem Tisch.)
Wilhelm.
Diese Schuhe, lieber Onkel, kämen denn doch zu theuer.
Hans.
Ein Bischen viel wär's freilich.

3. Scene.

Vorige. Der Schulmeister. Der Schneider. Ein Bauer
(kommen von Seite links).

Bauer.
Da ist der gnädige Herr. Schulmeister, sprecht Ihr.
Schneider (bittend).
Laßt mich sprechen, ich spreche sehr schön.
Bauer.
Aber Ihr sprecht nicht lateinisch. Es bleibt dabei, der Schulmeister hat das Wort.
Wilhelm.
Was sind das für Leute?

August.
Bewohner des Dorfes! Was wollen die bei uns? (Auf sie zutretend.) Was wünschen die Herren?
Bauer (knieend).
Das wird der Schulmeister sagen, der Schulmeister hat das Wort.
Schneider (bittend).
Laßt mich sprechen, ich spreche ja sehr schön.
Bauer
(winkt ihm zu schweigen).
Schneider, seid still!
Schulmeister
(nachdem er sich genähert).
Venerabilis domine! Wir kommen als Abgeordnete der Gemeinde Möllendorf und haben ein petitum, das ist ein Anliegen an den hochverehrten Herrn von Stille senior.
Hans (tritt auf ihn zu).
An mich?
Schulmeister.
Venerabilis domine! Unser bisherige Gemeindevorstand, der Müller Lebrecht, hat das Zeitliche gesegnet, und da wir keinen Gemeindevorstand brauchen können —
Schneider (einfallend).
Welcher im Himmel ist —
Bauer.
Schneider, seid still —
Schulmeister.
Ergo haben wir beschlossen, einen zu wählen —
Schneider.
Der nicht im Himmel ist.
Bauer.
Schneider, seid still!
Schulmeister.
Euer Gnaden sind ein Angehöriger der Gemeinde Möllendorf, ein hochgelehrter Herr mit vielem Wissen und scientiis ausgestattet, und da wollten wir nur anfragen, ob wenn die Wahl auf Sie fiele, dieselbe auch angenommen würde.
Schneider.
So ist es!
Bauer.
Schneider, seid still!
Hans.
Meine lieben Herren! Ich danke Euch für Euer Ver-

trauen. Ich gestehe, daß es mich interessiren würde, Euer Vorstand zu sein, um Euer Archiv durchsuchen zu können —
Schneider.
Das hat der Schmidt —
Bauer.
Schneider, seid still!
Hans.
Um berechnen zu können, wie sich die Geburten zur Sterblichkeit verhalten.
Schneider.
Das weiß der Todtengräber.
Bauer.
Schneider, seid still!
Hans.
Um das Prozent Eurer verschiedenen Nährstoffe feststellen zu können, aber ich glaube kaum, daß Euch mit meiner Thätigkeit gedient wäre. Ich lebe nur beim Schreibtische.
Schneider.
Wir haben gar keinen im Amtshause.
Bauer.
Schneider, seid still!
Hans.
Und darum meine ich, Ihr wendet Euch besser an meinen Nachbar, den Herrn von Möllendorf.
Schulmeister
(kratzt sich am Kopfe).
Das ist allerdings ein sehr lieber Mann, aber —
Schneider.
Seine Frau hat, wie man so sagt, die Hosen an —
Bauer.
Schneider, seid still —
Schulmeister.
Und wir brauchen einen energischen, thatkräftigen Mann, welcher uns die Gesetze auslegt, für uns denkt, uns, wenn es Noth thut, die Wahrheit sagt —
Schneider.
Nur zu grob darf er nicht werden.
Bauer.
Schneider, seid still —
August
(welcher mit Wilhelm der Scene beigewohnt hat, tritt dazwischen).
Sie haben Recht, Herr Schulmeister! Ihr müßt einen kräftigen, strebsamen, unabhängigen Mann haben, welcher über die kleinen Verhältnisse seiner Nachbarn erhaben ist.

Gerade jetzt giebt es in der Gemeinde viel zu schaffen. Die fleißigen Hände, welche unserer Arbeit entzogen waren, kommen zurück, wir müssen trachten, die Steuerkraft der Gemeinde zu heben, um helfen zu können, wenn das Vaterland uns wieder braucht. Wir müssen unser Vermögen besser verwerthen, die Früchte unserer Mühen vermehren lernen. Wir müssen für Arme und Waisen, für Erwerblose und Krüppel sorgen und darauf sehen, daß unsere Kinder etwas lernen, denn Wissenschaft ist Macht, und Wissenschaft und Macht unüberwindlich!

Schneider (schreit).

Bravo!

Schulmeister.

Optime dixisti domine!

4. Scene.

Vorige. Möllendorf und Eugenie (erscheinen auf dem Hügel rechts).

Schneider
(hat sich von dem Bauer, welcher ihn hielt, losgerissen).

Jetzt laßt mich los, ich halte es nicht mehr aus! Jetzt muß ich sprechen, und ich spreche sehr schön! Meine Herren, was suchen wir noch lange, wir haben gehört — und — was wir gehört — das haben wir gehört. (Ist immer verwirrter geworden.) Ich will — wir wollen — wir könnten — Schulmeister, sprecht Ihr weiter, Ihr wißt ja, was ich meine.

Schulmeister.

Allerdings. (Zu August.) Gnädiger Herr, wenn wir nun Sie zum Gemeindevorstande wählten —

Eugenie.

Was höre ich!

Schulmeister.

Würden Sie Nein sagen?

August.

Ich werde nicht Nein sagen, denn ich fühle in mir, daß ich Euch nützlich werden kann. Ja, Ihr Herren, ich nehme Eure Wahl an. Ich will versuchen, den Geist der Eintracht, den Geist der Zusammengehörigkeit in Euch zu wecken, denn nur dieser ist der Geist der Zeit. Ich will Euch lehren, auf die eigene Kraft vertrauen, Euer Selbstbewußtsein zu erhöhen, auf daß Ihr, ohne in Selbstüberhebung zu verfallen, den deutschen Erbfehler abstreift, nur das Fremde zu achten und dem eigenen Verdienst statt Anerkennung Mißtrauen entgegen zu bringen. Wir, meine Herren, wir müssen selbst an uns glauben, dann glaubt auch die Welt an uns.

Schneider.

Bravo! Das habe ich gerade sagen wollen.

Schulmeister.

Ich danke Ihnen, venerabilis domine, und weiß nun, wer bei der morgigen Wahl zum Gemeindevorsteher gewählt wird. Sit saluti! (Ab mit Verbeugungen.)

Schneider.

Ich werde in der Wahlversammlung sprechen und ich spreche sehr schön!

Bauer.

Schneider, seid still —
(Zieht den komplimentirenden Schneider ab.)

Wilhelm (komplimentirend).

Herr Gemeindevorsteher, ich mache Ihnen mein Compliment.

Hans.

Du passest auch viel besser zu dem Posten wie ich.

Eugenie und Möllendorf
(sind während der letzten Rede herabgekommen).

Eugenie (zu Möllendorf).

Mein Blut siedet.

Möllendorf.

Aber Eugenie, es ist ja gar nicht so heiß!

Eugenie (laut).

Guten Morgen, meine Herren!

Hans. August. Wilhelm.

Guten Morgen!

August.

Erlauben Sie mir, gnädige Frau, Ihnen meinen Cousin, Herrn Major Wilhelm von Stille vorzustellen.

Wilhelm (verbeugt sich).

Eugenie (nicht vornehm).

Was habe ich eben hören müssen? Sie wollen Gemeindevorsteher werden?

August.

Ich will nicht, man wählt mich.

Eugenie.

Sie werden so freundlich sein und die Wahl ablehnen.

Wilhelm und Hans.

Oho!

Möllendorf.

Aber Eugenie!

Eugenie (leise).

Still!

August.

Sie sehen mich erstaunt, gnädige Frau. Warum soll ich die Wahl ablehnen?

Eugenie.

Weil wir ältere Rechte haben. Der vorige Vorstand that nur, was wir wollten, und der neue wird mein Gatte.

Möllendorf.

Aber Eugenie!

Eugenie.

Willst Du nicht gewählt werden?

Möllendorf.

Allerdings.

Eugenie.

Hast Du ältere Rechte?

Möllendorf.

Gewiß.

Eugenie.

Nun also. Herr von Stille wird so freundlich sein, unsere Rechte anzuerkennen —

August.

Ich bedaure, Ihnen widersprechen zu müssen, gnädige Frau. Ich halte es für meine Pflicht, die Wahl anzunehmen.

Eugenie.

Sie dürfen es zur Wahl gar nicht kommen lassen. Vergessen Sie nicht, mein Herr, daß wir schon lange Jahre hier leben, daß wir die Triebfedern dieser kleinen Leute vortrefflich kennen, daß, wenn wir ernstlich wollen, die Wahl sich doch für uns entscheiden muß. Ich mache Sie auf unsere Macht aufmerksam, Ihnen die Schande zu ersparen, bei der Wahl durchzufallen.

August.

Ich will mich dieser Schande aussetzen.

Eugenie.

Ich glaubte, unser freundschaftlicher Verkehr hätte einigen Werth für Sie. So machten mich wenigstens meine Adoptivtöchter glauben.

August.

Gnädige Frau!

Eugenie.

Wenn Sie meine Bitte nicht erfüllen, sind wir gezwungen, Sie für einen Feind zu halten und unsern Verkehr abzubrechen.

August.
Ich bedaure das unendlich, gnädige Frau, aber ich bleibe pflichtgemäß bei meinem Entschlusse.
Eugenie (zu Hans).
Wollten Sie Ihrem Herrn Sohn nicht zureden, seinen Trotz aufzugeben?
Hans.
Ich gebe mich nur mit wissenschaftlichen Berechnungen ab. Und so habe ich denn herausgebracht, daß mein Sohn großjährig ist und thun kann, was er will.
Eugenie (bei Seite).
Impertinent! (Laut.) Nach der mir zu Theil gewordenen Behandlung muß ich mich beeilen, Ihren Grund und Boden zu verlassen. Ich hoffe, Sie werden den unseren nicht wieder betreten. (Zu Möllendorf.) Möllendorf, Deinen Arm!
Möllendorf.
Aber Eugenie —
Eugenie.
Wir empfehlen uns, Herr Gemeindevorstand! (Mit höhnischer Verbeugung mit Möllendorf über die Brücke rechts ab.)
Wilhelm.
Eine recht anmuthige Dame!
Hans.
Ich begreife nicht, wie man so unter dem Pantoffel sein kann. Ich war es wohl auch, aber gar so —
August (mit einem Seufzer).
Nun Adieu meine Hoffnungen!
Hans.
Was für Hoffnungen?
Wilhelm.
Er ist verliebt und der soeben entschwebte Drache wacht vor seinem Paradiese.
Hans.
Armer Junge. Aber tröste Dich. Ich habe ausgerechnet, daß unter zehn sogenannten unglücklich Liebenden wenigstens neun glücklich waren, eben darum, weil sie unglücklich waren.
Wilhelm.
In der Sache, Onkelchen, nützt kein Berechnen. Hier muß gehandelt werden. Ganz kurioser deutscher Krieg das — aber er ist einmal da, wohlan denn, führen wir ihn siegreich zu Ende.
Hans.
Aber wie?
Wilhelm.
Haben wir nicht ein großes Beispiel, wie man große Kriege siegreich rasch zu Ende führt, vor uns? Laßt uns

im Kleinen ausführen, was wir im Großen erlebt. Ich will Euer Führer sein.

August.
Mir ist gar nicht scherzhaft zu Muthe. Aber konnte ich denn anders handeln?

Wilhelm.
Nein, mein Junge, Du konntest nicht und solltest auch nicht. Der Anmaßung dieser Frau muß ein Ziel gesetzt werden und wir sind die rechten Leute dazu. Ueberlasse mir Alles und sei bereit, auf meinen Ruf am Kampfplatze zu erscheinen und da zu kämpfen, wie es Dein Herz verlangt.

Hans.
Kannst Du mich zu Nichts verwenden?

Wilhelm.
Gewiß, kampflustiger Onkel, Du bist die Landwehr! Du beschützest das Haus.

Hans.
Gut, ich bin die Landwehr. Aber ein kleines Gefecht mit der Alten bestünde ich doch gerne.

Wilhelm.
Wird nicht ausbleiben. Die Landwehr wird zur Zeit schon vorgeschoben werden.

August.
Was willst Du thun?

Wilhelm.
Das weiß ich noch nicht. Glaube mir vor der Hand nur, daß Alles, was ich thue, zu Deinem Besten geschieht. So scherzhaft meine Idee auch klingt, ich nehme sie verteufelt ernsthaft, denn Deine Liebe ist ernst und wahr, und Gefühle muß man nützen, nicht mißbrauchen.

August.
Nun denn, ich gebe mein Schicksal in Deine Hand. Kannst Du es zum Besten wenden, ich werde Dir ewig dankbar sein. (Ab links.)

Wilhelm.
Onkel, ich wäre mit meinen Gedanken gern ein Bischen allein.

Hans.
Aha, Du willst den Feldzugs-Plan machen. Gut, ich gehe rechnen. Ich möchte wissen, wie alt ein Mann wird, der zwanzig Jahre mit einem solchen Schatz wie Nachbar Möllendorf verheirathet ist.

Wilhelm.
Ein Methusalem!

Hans.
O der wird noch viel älter. Also wir haben Krieg?

Wilhelm.
Ja, Onkel, einen deutschen Krieg!
Hans.
Gott gebe seinen Segen dazu! Amen. (Ab nach links.)

5. Scene.

Wilhelm. Dann **Eugenie** und **Franz**.

Wilhelm.
August muß Gemeindevorsteher werden und seine Bertha zur Frau bekommen, Ersteres, weil es Anderen, Letzteres, weil es ihm erfreulich sein wird. Was aber thue ich? Vor Allem gilt es, den Kampf auf feindliches Gebiet hinüberspielen, und darum mobil gemacht, was nur wie eine waffenfähige Idee aussieht.

Eugenie
(kommt mit Franz auf den Hügel rechts).
Reiße diese Brücke ab, sie ist von unserem Gelde erbaut und unser Eigenthum.

Franz (beginnt sein Werk).

Wilhelm (tritt grüßend hinzu).
Was thun Sie, gnädige Frau?

Eugenie.
Ich hoffe, Sie haben Nichts dagegen; ich wäre untröstlich, wenn es Sie genirte.

Wilhelm.
Ich bitte, sich in Ihrem Vergnügen gar nicht stören zu lassen, ich werde, wenn ich Ihnen meinen Besuch machen will, durch den Bach waten.

Eugenie.
Mir einen Besuch? Mein Herr, ich weiß nicht, wie ich fortan noch zu dieser Ehre käme.

Wilhelm.
Auf die natürlichste Art von der Welt. Sie waren so höflich, uns zu besuchen, meine Gegenvisite ist blos Schuldigkeit.

Eugenie.
Ich enthebe Sie dieser Pflicht, mein Herr.

Wilhelm.
Ich darf Ihre Güte nicht annehmen. Solcher Mangel an Artigkeit wäre für mich ein lebenslänglicher Vorwurf.

Eugenie.
Merken Sie denn nicht, mein Herr, daß ich auf Ihren Besuch durchaus keinen Werth lege?

Wilhelm.
Für Sie mag er werthlos sein, für mich bleibt er eine ewige Erinnerung.

Franz
(ist mit seiner Arbeit fertig geworden und fortgegangen).

Eugenie.
Wollen Sie mich verhöhnen, mein Herr?

Wilhelm.
Warum behandeln Sie mich so wegwerfend, gnädige Frau? Ich bin ja nicht Ihr Herr Gemahl.

Eugenie.
Herr, sparen Sie Ihre schlechten Späße für dankbarere Ohren. Ich begreife gar nicht, warum ich Ihnen überhaupt noch Rede stehe. Adieu. (Will ab.)

Wilhelm.
Auf Wiedersehen, gnädige Frau.

Eugenie (kehrt um).
Ihre Konsequenz bringt mich aus der Fassung und zwingt mich, Ihnen zu sagen, daß ich Ihren Besuch unter keiner Bedingung annehmen werde.

Wilhelm.
Sie haben ein entschiedenes Vorurtheil gegen mich, gnädige Frau. Das ist zum Mindesten ungerecht, denn ich habe keines gegen Sie. Sie haben mir sogar sehr gut gefallen. Ihre Weiblichkeit, Ihre Sanftmuth —

Eugenie
(macht einen Schritt gegen ihn, wüthend).
Herr!

Wilhelm.
Um Gotteswillen, fallen Sie nicht, gnädige Frau, der Bach ist kalt und Sie sind erhitzt. Welch entsetzliches Unglück, wenn Sie in der Wahlversammlung während Ihrer Rede niesen müßten.

Eugenie.
Herr, diese Sprache einer Dame gegenüber —

Wilhelm.
Bitte tausendmal um Entschuldigung, in meiner Verwirrung dachte ich, es stände der Herr des Hauses vor mir. Vergebung, reichen Sie mir die Hand zum Kusse.

Eugenie.
Sie sind sehr guter Laune, mein Herr.

Wilhelm.
Es ist mein voller Ernst. Ich muß Ihre Hand küssen, und da ich das jetzt nicht kann, werde ich es bei meinem Besuche nachholen.

Eugenie.
Sie wollen also durchaus —
Wilhelm.
Ich kann wahrhaftig nicht anders.
Eugenie.
Nun dann freuen Sie sich auf den Empfang.
(Wüthend ab.)
Wilhelm.
Ich freue mich recht sehr darauf! (Lacht.) Sie ist jetzt schon so wüthend, daß sie unfehlbar Dummheiten machen muß. Diese wollen wir benützen, ihr die erste ernstliche Schlacht zu liefern. — (Sieht nach links.) Holla, wer kommt da? Das reizende Mädchen von vorhin. Die wollen wir uns doch in der Nähe ansehen. (Geht etwas zurück.)

6. Scene.

Wilhelm. Helene (von links).

Helene
(kommt trällernd von links, geht auf den Hügel und will über die Brücke, bleibt erstaunt vor der abgebrochenen Brücke stehen).
Mein Gott! Was ist das? (Sieht sich um.)
Wilhelm
(ist in die Mitte der Bühne getreten und grüßt sie, sowie ihr Blick auf ihn fällt).
Helene
(sieht ihn fragend an).
Wer hat denn das gethan?
Wilhelm.
Der Feind.
Helene (erstaunt).
Der Feind? Welcher Feind!
Wilhelm.
Das heißt unser Feind, für Sie ist es ein Freund.
Helene.
Ich verstehe Sie nicht.
Wilhelm.
Während Sie fort waren, ist der Krieg ausgebrochen.
Helene.
Was für ein Krieg? Schon wieder?
Wilhelm.
Wir haben ihn nicht provocirt, man hat uns dazu gezwungen. Ihre Mama war hier und hat meinem Cousin verboten, Gemeindevorsteher zu werden.

Helene.
Sie sind also?

Wilhelm.
Major von Stille. Haben Sie das nicht aus meinem ganzen Wesen herausgefunden?

Helene.
Aber wie kommt denn Mama dazu —

Wilhelm.
Das frage ich auch! Ist einmal so! Wie kommt Mama zu einer solchen Tochter?

Helene.
Mein Herr —

Wilhelm.
Ich meinte nicht Sie, ich meinte Ihre Schwester.

Helene.
Meine Schwester?

Wilhelm.
Dieselbe, wegen welcher mein Cousin gar zu gern den Frieden erhalten hätte.

Helene.
Also doch! Und die Heuchlerin hat immer geleugnet. O, ich habe ein paar gute Augen.

Wilhelm.
Schön und gut.

Helene.
Mein Herr —

Wilhelm.
Armes Fräulein, Sie sind ein Opfer der voreiligen Kriegserklärung. Sie sind in Feindesland betreten worden, ich konfiszire Sie.

Helene.
Ich lasse mich aber nicht konfisziren.

Wilhelm.
Wie wollen Sie das verhindern?

Helene.
Ich werde mich durchschlagen.

Wilhelm.
Mit dem Schwerte?

Helene.
O nein, mit der Zunge.

Wilhelm.
Die von dieser Waffe geschlagenen Wunden fürchte ich nicht.

Helene.
Dann haben Sie keinen Begriff von einer echten weiblichen Zunge.

Wilhelm.
Bitte sehr, nach der Bekanntschaft mit Frau Mama —
Helene.
Loser Spötter! Aber Mama behandelt diese Waffe als grobes Geschütz. Ich handhabe sie wie ein Stilet.
Wilhelm.
Da bin ich neugierig.
Helene.
Fordern Sie mich nicht heraus. Es sollte mir leid thun, wenn ich einen so braven, liebenswürdigen Mann verletzen müßte.
Wilhelm.
Sie haben also eine so gute Meinung von mir?
Helene (ironisirend).
Die beste. Schon der erste Anblick besticht, man fühlt sich Ihnen gegenüber beklommen und doch wieder angezogen. Lernt man Sie aber näher kennen, fühlt man das Sprudeln Ihres Witzes, die Lebhaftigkeit Ihres Geistes, das Gediegene Ihres ganzen Wesens —
Wilhelm.
Um Gotteswillen, hören Sie auf. Sie machen mich schamroth.
Helene.
Das wahre Verdienst ist immer bescheiden.
Wilhelm.
Mein Fräulein, ich respektire Ihr Stilet. Sie sind frei.
Helene.
Sehen Sie? man soll den Gegner niemals unterschätzen. Vollenden Sie nun Ihre edle That und rathen Sie mir, wie ich da hinüber komme, ohne durch den Bach waten zu müssen.
Wilhelm.
Ich weiß wohl ein Mittel, aber Sie werden es nicht gebrauchen wollen.
Helene.
Warum nicht? der Zweck heiligt die Mittel.
Wilhelm.
Mein Fräulein, welch' ein Grundsatz!
Helene.
Was wollen Sie. Wir stehen einander als Feinde gegenüber. Und das Mittel?
Wilhelm.
Ganz einfach. Ich trage Sie hinüber.
Helene.
Das wird doch wohl nicht gehen.

Wilhelm.
Versuchen wir es.

Helene.
Ja, wenn Sie ein Diener wären.

Wilhelm.
Den Damen zu dienen ist Ritterpflicht.

Helene.
Würden Sie Mama auch hinübertragen?

Wilhelm.
O ja, aber gerade nicht auf den Händen. Nehmen Sie meinen Vorschlag an.

Helene (für sich).
Soll ich den Umweg um den ganzen Park machen, dann komme ich zu spät zum Frühstück und Mama brummt, (halblaut) soll ich mit meinen Schuhen durch das Wasser —

Wilhelm.
Dann erkälten Sie sich, werden krank, sterben und wir weinen uns zu Tode.

Helene.
Haben Sie ein so weiches Gemüth?

Wilhelm.
Wie ein Kind. Sie dürfen nicht sterben.

Helene
(sieht ihn eine Weile an).
Soll ich — oder soll ich nicht?

Wilhelm.
Was fürchten Sie?

Helene.
Eine Unschicklichkeit.

Wilhelm.
Wäre es unschicklich, wenn Sie ohnmächtig würden und ich Sie hinübertrüge?

Helene.
Das ist etwas Anderes.

Wilhelm.
Nun so werden Sie ohnmächtig. Das ist eine Uebung, welche Ihnen später einmal zu Statten kommen könnte.

Helene.
Spötter! Werden Sie mich aber auch nicht fallen lassen?

Wilhelm.
Trauen Sie mir das zu?

Helene.
Nein! (Sieht sich um.) Noth bricht Eisen. Ich muß ohnmächtig werden.

Wilhelm.
Also fangen wir an.
Helene (parodirend).
Wie wird mir! Oh! Ach! (Mit natürlicher Stimme.)
So kommen Sie doch!
Wilhelm (für sich).
Das Mädchen ist zu lieb, die muß mein Elsaß werden.
(Zu ihr tretend.) Da bin ich schon!
(Hebt sie in die Höhe, während dessen fällt der)

(Zwischen-Vorhang.)

Verwandlung.

(Gartensalon bei Möllendorf mit 2 Mittelthüren, welche nach dem Garten führen, rechts und links Seitenthüren, wovon die Thüre links den Haupteingang bildet. Vorne rechts ein Fenster, bei demselben das Arbeitstischchen der Mädchen, links ein Schreibtisch. Im Uebrigen Möbel nach Bedarf).

7. Scene.

Bertha. Eugenie. Stark.

Bertha
(sitzt beim Arbeitstischchen und arbeitet).
Eugenie
(sitzt beim Schreibtisch, vor ihr Stark).
Stark (ein moderner Geck).
Eine unerhörte Keckheit von diesem Major. Warum mußte ich abwesend sein. Ich hätte ihn nach Gebühr in seine Schranken zurückgewiesen.
Eugenie (schreibend).
Dazu könnte es schon noch kommen, mein Bester. Das indolente Benehmen der ganzen Sippschaft hat meinen Zorn auf's Höchste gesteigert und den Entschluß befestigt, mit allen Mitteln nach Erreichung meines Zieles zu streben. Mein Mann muß Gemeindevorstand werden, es koste was es wolle.
Stark.
Es wäre traurig, wenn wir das nicht zu Wege brächten!

Eugenie.

Ich rechne dabei auf Ihre Mitwirkung, mein Bester. Sie sind, da ich meinen Herrn Gemahl füglich nicht mitzählen kann, der einzige Mann im Hause. Ich hoffe nämlich, daß Sie sich zum Hause zählen.

Stark
(mit einem Seitenblick auf Bertha).

Das hoffe ich auch.

Eugenie.

Sollte der Mensch seine Dreistigkeit wirklich so weit treiben und hierherkommen, dann werden Sie ihn gebührend abfertigen.

Stark.

Ich brenne vor Verlangen, mit ihm zusammen zu treffen, ich hätte dann Gelegenheit meinen Muth zu zeigen in Gegenwart von Personen, in deren Augen ich gerne im günstigsten Lichte erschiene.

Eugenie (aufstehend).

So, ich bin fertig. Diesen Zettel tragen Sie zum Gemeindediener, er soll seinen Inhalt im Dorfe verkünden. (Giebt ihm einen Bogen Papier.) Diese Einladungen bringen Sie an ihre Adressen. Sie müssen den gemeinen Leuten gegenüber recht liebenswürdig sein.

Stark
(mit einem Seitenblick auf Bertha).

Kann ich das?

Eugenie.

Gewiß können Sie es. Also vorwärts.

Stark.

Ich eile, bitte Sie aber, während ich außerhalb des Hauses Ihre Interessen vertrete, sich innerhalb der meinigen zu erinnern. Wenn ich sage Interessen, so meine ich eigentlich (mit einem Seitenblick auf Bertha) — ein großes Kapital! (Seite links ab).

Eugenie.

Und nun zu Dir, mein Kind.

Bertha (aufstehend).

Sie befehlen, Mama?

Eugenie.

Warum behandelst Du Herrn von Stark so wegwerfend? —

Bertha.

Ich erinnere mich nicht, ihn irgend wie beleidigt zu haben. —

Eugenie.
Es ist ein Freund unseres Hauses, folglich auch Dein Freund.
Bertha.
Das wußte ich nicht.
Eugenie.
Er bewirbt sich um Deine Gunst.
Bertha.
Das kann ich ihm doch nicht wehren.
Eugenie.
Das sollst Du auch nicht. Du sollst ihn aufmuntern!
Bertha.
Das würde sich nicht schicken.
Eugenie.
Schicken oder nicht schicken, Du wirst ihn heirathen.
Bertha.
Meine gute Mama wird mich nicht zwingen wollen.
Eugenie.
Auf wen willst Du denn warten? Die Freier wachsen nicht auf den Bäumen, namentlich solche nicht, die ein Mädchen ohne Geld heirathen. Oder hättest Du vielleicht ein geheimes Vermögen? Seit 15 Jahren, also seitdem ich Dich nähre und kleide, habe ich nichts davon bemerkt.
Bertha.
Muß ich denn durchaus heirathen?
Eugenie.
Ich will es.
Bertha (verdeckt die Augen).
Eugenie.
Weine nicht, ich kann das nicht leiden. Thränen reizen mich und verleiten mich, meine angeborne Sanftmuth zu verläugnen.

8. Scene

Vorige. Helene (stürmt herein).

Helene.
Da bin ich wieder! (Sieht Eugenie.) Ach, die Mama!
Eugenie.
Was kommst Du wieder wie der Sturm daher?
Helene.
Ich war im Dorfe, Mama.
Eugenie.
Was hast Du im Dorfe zu schaffen?

Helene.
Es giebt so viel arme Leute dort und wir haben Alles im Überfluß.
Eugenie.
Das ist wohl Dein Verdienst?
Helene.
Nein, es ist das Ihrige Mama. Ich bin nur Ihre rechte Hand. Was die thut, darf die linke nicht wissen. Bertha weint? Gewiß habt Ihr wieder von dem liebenswürdigen Herrn von Stark gesprochen?
Eugenie.
Hast Du Dich darum zu kümmern?
Helene.
Mama, wenn schon eine von uns diesen charmanten Herrn heirathen muß, dann lassen Sie mich seine Frau werden. Ich bin doch nicht wehrlos, ich habe kein solches Lammesgemüth wie Bertha, ich wollte ihm den Ehestand so heiß machen —
Eugenie.
Er ist aber kein solcher Narr, Dich zu nehmen, Du bekommst überhaupt keinen Mann, denn in Dir ahnt Jeder das böse Weib.
Helene.
Glauben Sie an Ahnungen, Mama?
Eugenie.
Was willst Du damit sagen?
Helene.
Ich? Gar nichts. Ich wunderte mich nur, daß eine so aufgeklärte Frau —
Eugenie (streng).
Schweig'. (Zu Bertha.) Von Dir aber, mein Kind, will ich eine entschiedene Antwort haben. Ich, Deine zweite Mutter, Deine Wohlthäterin stehe vor Dir und bitte Dich, Stark's Bewerbungen anzunehmen. Ich bin weit entfernt, Dich aufmerksam zu machen, daß Du seit 15 Jahren mein Brod issest, daß Du ohne meine Barmherzigkeit verkümmert wärest, ich will von dem Allem nichts sagen, um Deinen Entschluß nicht zu beeinflussen und frage Dich demnach ohne weitere Bemerkung: Willst Du Stark's Frau werden?
Bertha (nach einigem Kampf).
Ich will! (Bricht in Schluchzen aus).
Eugenie.
Ich gehe, Deinen Entschluß meinem Gatten zu verkünden, heute noch feiern wir die Verlobung. (Zu Helene.) An Dir werde ich wohl solche Freude nicht erleben, denn wenn

Du Dich nicht änderst, nicht stiller und ernster wirst, kannst Du auf den wahren Beruf des Weibes, in stiller Häuslichkeit zu leben, eines braven Mannes gehorsames Weib zu sein und ihn namenlos glücklich zu machen, verzichten.

(Seite rechts ab).

Helene.

Ich will doch einmal Papa fragen. Vielleicht hat er für sein ungeheueres stilles Glück einen Namen. (Zu Bertha.) Und Du willenloses, heuchlerisches Geschöpf, das sich von dieser Frau wie Wachs kneten läßt, Du willst wirklich Stark heirathen? Schäme Dich!

Bertha.

Konnte ich Nein sagen?

Helene.

Du konntest es, ja Du mußtest es sogar, denn Dein Herz ist nicht mehr frei.

Bertha (erschrocken).

Was sagst Du?

Helene.

Die Wahrheit. Natürlich, mir gegenüber wurde immer geschwiegen, der Mond ist ja näher, um ihm das süße Geheimniß anzuvertrauen, die Sterne haben keinen so guten Schlaf wie ich. Die schwärmen mit Dir die ganze Nacht! — O Du hast mich tief gekränkt.

Bertha.

Womit? Ich verstehe Dich nicht!

Helene.

So? nun dann will ich deutlicher reden. Wer wohnt denn drüben überm Bach, Herr August Stille, nicht wahr? Und wir haben uns an diesen feurigen Augustus-Strahlen die Flügel verbrannt? He?

Bertha.

Helene, ich versichere Dich —

Helene.

Versichere lieber Dich, sonst verbrennst Du ganz und gar und bekommst keinen Schadenersatz.

Bertha.

Woher weißt Du?

Helene.

O ich weiß noch mehr! Ich weiß auch, daß der August eben so empfindet, wie Du, daß auch er in Dich bis über die Ohren verliebt ist.

Bertha.

Helene, treibe keinen Scherz.

Helene.
Mir ist entsetzlich ernsthaft zu Muthe.
Bertha.
Und es ist wahr, er liebt mich? Woher weißt Du —
Helene.
Das ist mein Geheimniß. Ich habe kuriose Gefahren bestehen müssen, um dahinter zu kommen.
Bertha (Helene umarmend).
Du liebe, liebe Schwester! (Erschrocken.) Mein Gott — und ich will Starkes Frau werden.
Helene.
O das ist noch nicht Alles, Mama und der Herr August haben sich fürchterlich gezankt. Sie sind in offener Fehde miteinander.
Bertha.
Was soll aber daraus werden?
Helene.
Das weiß ich nicht. Jedenfalls geschieht Etwas. Ich habe so meine eigenen Gedanken darüber.
Bertha.
Helene, Du weißt noch mehr —
Helene.
Ich gebe Dir mein Wort, daß ich nichts mehr weiß. Ich würde es Dir gewiß sagen. Ich bin nicht so verschlossen, wie gewisse Leute.

9. Scene.

Vorige. Möllendorf. Eugenie (von rechts).

Möllendorf (zu Bertha).
Also hast Du Dich endlich entschlossen, mein Kind?
Bertha (nickt).
Helene.
Bertha hat Recht. Auch ich werde Mama's Ermahnungen und gutem Beispiele folgen, und mich ändern, damit ich eines braven Mannes gehorsames Weib, sein namenloses Glück werden kann.
Möllendorf.
Was willst Du werden?
Helene.
Na, Sie müssen es doch wissen, Väterchen. Sie besitzen es ja. —

Möllendorf.

Was besitze ich?

Eugenie (dazwischen tretend).

Das Mädchen treibt Possen. Höre nicht auf sie.
(Die Mädchen gehen zu ihrem Arbeitstischchen).

Möllendorf.

Und heute noch willst Du die Verlobung feiern?

Eugenie.

Noch heute Abend, beim Feste.

Möllendorf.

Bei welchem Feste?

Eugenie.

Das wir den Ausschüssen der Gemeinde Möllendorf geben.

Möllendorf.

Ich verstehe kein Wort.

Eugenie.

Der Widerstand, den wir durch Stilles gefunden, zwingt mich, energische Maßregeln zu ergreifen, denn ich habe es mir einmal in den Kopf gesetzt: Du mußt Gemeindevorsteher werden.

Möllendorf.

Ich mag es ja gar nicht werden.

Eugenie.

Ich will es — und das genügt. Ich habe einen Aufruf geschrieben, worin alle Angehörigen der Gemeinde, welche Rath und Hilfe brauchen, aufgefordert werden, sich an uns zu wenden. Du empfängst Vormittags einen Jeden und ertheilst Rath und Hülfe.

Möllendorf.

Das willst Du publiciren?

Eugenie.

Stark hat es bereits veranlaßt.

Möllendorf.

Wenn mich aber die Leute beim Worte nehmen?

Eugenie.

Ich bin dabei. Wir werden ihnen schon rathen.

Möllendorf.

Helfen auch? Das dürfte theuer werden.

Eugenie.

Insoferne als guter Rath theuer ist, denn gegeben wird nichts.

Möllendorf.

Wird mich das populär machen?

Eugenie.

Die Leute werden glücklich sein, nur mit uns sprechen zu können. Abends ist das Fest, und morgen die Wahl. Ist diese vorüber, hört Alles wieder auf.

Möllendorf.

Kind, Du hast keinen Begriff, was Du angestiftet hast! Hast Du schon Gemeindeausschüsse so recht essen und trinken gesehen? —

Eugenie.

Braten und Wein sind die Leute gewöhnt. Das ist ihnen nichts Neues. Wir geben ihnen Thee.

Möllendorf.

Den Bauern und Handwerkern Thee? Aber Frau —

Eugenie.

Im schlimmsten Fall wird sich auch noch ein Braten finden. —

10. Scene.

Vorige. Stark (von links, später) **Franz.**

Stark.

Da bin ich wieder. Alles ist auf's Beste bestellt. Der Gemeindediener trommelt so eben Ihre Publikation im Dorfe herum. Sie werden sehr bald Besuch bekommen.

Möllendorf.

Mein Gott, wie mich das Alles genirt und aus meiner gewohnten Ruhe bringt.

Eugenie.

Ermanne Dich. In kurzer Zeit ist Alles vorüber und der Sieg unser.

Franz (tritt ein).

Drei Angehörige der Gemeinde Möllendorf sind draußen.

Eugenie.

Das hat rascher gewirkt als ich hoffte. (Zu Franz.) Sie sollen eintreten.

Franz (ab).

Eugenie (zu Möllendorf).

Und Du nimm Dich zusammen. Sei so würdig als möglich und antworte nicht, bevor Du meine Meinung kennst. Sie, Stark, gehen zu den Mädchen. Du an den Schreibtisch, ich an Deine Seite.

Möllendorf
(setzt sich zum Schreibtisch).

11. Scene.

Vorige. Bauer. Hans von Stille und **Wilhelm** (treten ein.)

Eugenie und **Helene** (erblicken Wilhelm).

Ah!

Eugenie (auf Wilhelm).

Mein Herr, wie können Sie es wagen —

Wilhelm (sehr bescheiden).

Ich und mein Onkel sind Angehörige der Gemeinde Möllendorf und kommen nur auf Ihre Einladung, uns bei Ihnen Raths zu erholen.

Eugenie.

Mein Herr, das ist zu viel!

Wilhelm.

Sollte Ihr Aufruf eine Mystification sein? O, dann bitten wir sehr um Verzeihung und gehen wieder. (Zum Bauer.) Kommt, guter Freund.

Eugenie (sich mühsam bezwingend).

Nicht doch. Der Aufruf ist richtig. Bleiben Sie und sprechen Sie.

Wilhelm.

Hübsch nach der Reihe. Dieser Herr hier (auf den Bauer) war der Erste da. Ihm gebührt der Vorrang. Dürfen wir uns inzwischen niedersetzen?

Eugenie (ist verwirrt).

Ich bitte, nehmen Sie Platz.

(Wilhelm und Hans setzen sich im Hintergrunde).

Helene (zu Bertha).

Das ist ein köstlicher Mensch!

Stark.

Wie beliebt?

Helene.

Wir haben nicht von Ihnen gesprochen.

Bauer
(hat verlegen seinen Hut gedreht).

Gnädiger Herr. Ich war vor Kurzem noch sehr traurig, aber Ihr Aufruf hat mir sehr viel Freude gemacht. Bei mir auf der Kammer wohnt die Wittwe unseres früheren Schullehrers. Das Weib ist kränklich, hat 2 Kinder zu ernähren und nur eine Kuh, von deren Erträgnissen sie bisher gelebt hat. Vor 2 Stunden ist das Thier an Kolik verschieden. Den Jammer zu schildern bin ich nicht im Stande. Für die erste Zeit will ich schon ihr und den Kindern das Bischen Essen geben, aber was geschieht weiter

mit ihr? Und so faßte ich den Entschluß Sie um Rath und Hilfe anzuflehen. Was thun wir gnädiger Herr?
Möllendorf.
Mein lieber Freund, da ist schwer zu rathen! Das Beste wäre —
Stark (einfallend).
Man machte die Kuh wieder lebendig.
Möllendorf.
Ich denke, man muß — (greift langsam in die Tasche).
Eugenie.
Halt, mein Freund! (Zum Bauer.) Ist denn die Geschichte auch wahr?
Bauer.
Gnädige Frau werden doch nicht glauben, daß ich lüge? Wenn man für sich bettelt, thut man das vielleicht, für Andere niemals.
Eugenie.
Die Frau muß vor Allem Arbeit und von der Gemeinde Unterstützung bekommen. Ich verspreche Euch, daß sich der neue Gemeindevorsteher dafür interessiren wird. Hat sie sich einiges Geld erspart, soll sie sich wieder eine Kuh kaufen. Damit aber auch wir Etwas für sie thun — (sucht am Schreibtisch und nimmt eine Brochüre.) Hier gebt Ihr von mir ein sehr gutes Buch: Der Thierarzt im Hause. Ich will verhindern, daß sie ein zweitesmal ein solches Unglück trifft.
Bauer
(sieht verlegen die Brochüre an).
Das Buch kann sie aber doch nicht melken.
Hans (ist aufgestanden).
Mein Freund, seid nicht zudringlich. Die gnädige Frau hat der Wittwe eine große zukünftige Wohlthat erwiesen. Damit sie das aber jetzt schon einsieht, geht zu mir in den Hof. Der Wirthschafter soll Euch die kleine Blässe geben, welche morgen verkauft werden sollte. Die führt der Frau in den Stall.
Bauer
(faßt Hans bei der Hand).
Gnädiger Herr —
Hans.
Bedankt Euch bei der gnädigen Frau. Sie ertheilt Euch guten Rath, aber nicht erst, wenn die Kuh aus dem Stalle ist.
Bauer (mit Bücklingen ab).
Helene.
Der brave Mann!

Möllendorf (bei Seite).

Ich schäme mich wahrhaftig.

Eugenie (zornig).

Mein Herr, Sie erlauben sich —

Hans (nähert sich).

Ich erlaube mir, der zweite Wohlthäter zu sein. Ich bin Gelehrter, die Statistik mein Steckenpferd. Ich habe schon Alles Mögliche und Unmögliche berechnet. Wie viel Zünd= hölzchen man neben einander legen muß, Europa damit einzufassen, wie viel Regentropfen einen halbstündigen Platz= regen ausmachen', wie viel Doctoren nichts wissen, aber Eins weiß ich nicht und deßhalb kam ich hierher.

Möllendorf.

Sie machen mich neugierig, Herr Nachbar.

Hans.

Ich möchte wissen, wie viel ruhige Minuten im Tage ein Mann hat, der eine herrschsüchtige Frau besitzt.

Eugenie (ist aufgesprungen).

Und da kommen Sie zu uns?

Hans.

Ja! Da komme ich zu Ihnen.

Eugenie (böse).

Herr, das ist —

Hans.

Das ist praktisch. Ich kenne keinen solchen Mann, aber Ihr Herr Gemahl —

Eugenie.

Hat kein herrschsüchtiges Weib.

Hans.

Das wollte ich ja auch nicht sagen. Aber Ihr Herr Gemahl hat so viele Bekanntschaften, vielleicht kann er mir ein Object für meine Studien recommandiren.

Eugenie
(sich mühsam beherrschend).

So! Und sonst wünschen Sie Nichts?

Hans.

Sonst Nichts.

Möllendorf.

Ich will nachdenken —

Hans.

Haben Sie die Gefälligkeit — wenn Ihnen Jemand, auf den mein Fall paßt, vorkommt, schicken Sie ihn zu mir. Ich empfehle mich! (Geht nach hinten).

Wilhelm (leise).
Bravo, Landwehr!
Möllendorf.
Warten Sie, Herr Nachbar. Ich gebe Ihnen das Geleite. (Zu Eugenie.) Zu einer solchen Audienz bringst Du mich nie wieder. (Mit Hans links ab.)
Wilhelm.
Nun kommt die Reihe an mich. (Kommt vor.)
Eugenie
(ist wüthend umhergegangen).
Sie sehen, daß mein Gatte sich entfernt hat.
Wilhelm.
Thut nichts. Meine Bitte um Rath geht an Sie.
Eugenie.
Da ich leider nicht ausweichen kann, so sprechen Sie.
Wilhelm.
Ich habe eine Frau kennen gelernt, deren Entschiedenheit mir imponirt, deren männlicher Charakter, wenn er in die rechte Bahn geleitet würde, recht hoch zu schätzen wäre. Ich habe das Mißfallen dieser Frau erregt, und das thut mir leid, denn ich würde mit ihr viel lieber in Frieden leben. Ich möchte vor sie hintreten und zu ihr sprechen: „Sie sind eigensinnig, meine Gnädige. Sie kämpfen um eine Sache, welche nicht gerecht ist. Lassen Sie uns Frieden machen. Lassen Sie uns die uns gebührende Leitung unserer Angelegenheiten, mengen Sie sich nicht mehr in dieselben, und geben Sie mir für meinen Cousin die Hand Ihrer Tochter."
Eugenie (überrascht).
Ah!
Wilhelm.
Ich kam nur, Sie zu fragen: Soll ich vor diese Frau hintreten und also zu ihr sprechen?
Eugenie.
Mein Herr, Sie haben Ihrem empörenden Benehmen die Krone aufgesetzt, die Antwort wird Ihnen in meinem Namen ein Mann geben, ein Mann, der nicht mit sich scherzen läßt. Ich sage Ihnen nur Eines: Was auch geschehen mag, die Frau, welche Sie meinen, hat nur eine Antwort für Sie: Nie, nie, nie! — (Zu Stark.) Stark! Das ist der Mann! Vorwärts! (Ab nach Seite rechts.)
Stark (auf Wilhelm zu).
Mein Herr —
Wilhelm.
Mit wem habe ich die Ehre?

Stark.

Mein Name ist von Stark. Ich bin —

Wilhelm.

Erlauben Sie mir vorerst, daß ich Ihnen eine kleine Geschichte erzähle.

Stark.

Geschichten? Wozu?

Wilhelm.

Um Ihnen zu zeigen, wie schlau ich bin. (Mit erhobener Stimme.) Ich hatte einmal einen verliebten Freund. —

Helene (zu Bertha).

Aufgepaßt, daß uns kein Wort entgeht.

Wilhelm (mit Beziehung).

Die Mutter des Mädchens war gegen diese Liebe und verhinderte jeden Briefwechsel, jede Zusammenkunft. Da schlich ich mich denn in das Haus der Dame und bat das Mädchen, mir Nachricht zu geben, ob es zu dem beabsichtigten Stelldichein am Bache kommen wolle. Wenn ich mich recht erinnere, war es auf drei Uhr festgesetzt. Im bejahenden Falle sollte die feindselige Mutter unser Telegraph sein, das Mädchen sollte nämlich der lieben Mama eine Nelke überreichen, welche spricht: Ich komme! — Was sagen Sie dazu?

Stark.

Wenn Ihr Streich gelang, mußte die Umgebung sehr bornirt sein.

Wilhelm.

Das war sie auch. Doch Sie hatten mir Etwas zu sagen?

Stark (sehr strenge).

Ich habe Rechenschaft von Ihnen zu fordern.

Wilhelm.

Damit unser Gespräch keiner Prahlerei ähnlich sieht, wollen wir uns entfernen. — Die Damen sollen nicht Zeugen sein.

Stark.

Und warum nicht? Die Damen sollen sehen, wie man einen Unver—

Wilhelm (streng).

Still', mein Herr! Kommen Sie.

Helene.

Bleiben Sie, meine Herren, bleiben Sie, wir müssen ohnehin fortgehen. Komm, Bertha!

Bertha (leise).

Um Gotteswillen, Sie werden sich schlagen.

Helene.

Sei ruhig. Der Mann hat auf dem Schlachtfelde sein Leben zu oft auf's Spiel gesetzt, um nicht zu wissen, wie viel Werth es hat. (Ab mit Bertha in den Garten.)

Wilhelm.

Nun sprechen Sie, mein Herr.

Stark (sehr freundlich).

Mein Gott, die Sache ist gerade nicht so sehr wichtig, — Sie sind ein loser Schelm und haben Frau von Möllendorf etwas übel mitgespielt. Mit Damen soll man artig sein, mein Herr. Sie werden wohl ein paar **leichte** Worte der Entschuldigung finden —

Wilhelm.

Ei, mein Herr, das klingt ja ganz anders als vorhin. Jetzt sind Sie artig, während Sie mich fruher einen Unverschämten — nennen wollten —

Stark.

Ich? Sie haben schlecht gehört.

Wilhelm.

Die Damen sind Zeugen. Sie müssen sich mit mir schlagen, mein Herr!

Stark.

Ein — ein wirkliches Duell?

Wilhelm.

Ja wohl ein Duell. Siegen Sie, dann werde ich nicht nur Frau von Möllendorf um Entschuldigung bitten, sondern auch Sie für den begehrenswerthesten Mann der Welt erklären. Siege ich, dann werden Sie Ihre Ansprüche auf Fräulein Bertha aufgeben und uns das Feld räumen.

Stark.

Natürlich, wenn Sie mich todtgeschlagen haben. —

Wilhelm.

Ach Gott bewahre! Ich werde Sie nicht todtschlagen. Wenn Sie auch besiegt werden, leben dürfen Sie.

Stark (bei Seite).

Leben? Gott sei Dank. (Laut.) Und wenn ich auf das Duell nicht eingehe?

Wilhelm.

Dann erwartet Sie ein anderes, das blutiger ausfallen dürfte. Sie kommen also?

Stark.

Ich — ich komme.

Wilhelm.

Um vier Uhr Nachmittags?

Stark.
Um vier Uhr.
Wilhelm.
Beim Bache im Park?
Stark.
Ich werde mich einfinden. Brauchen wir Zeugen?
Wilhelm.
Ich denke, wir sind uns genug.

12. Scene.

Vorige. Eugenie (von rechts).

Eugenie (leise zu Stark).
Nun, mein Freund?
Stark (ebenso).
Ich habe mit ihm gesprochen.
Eugenie.
Haben Sie ihm Ihre Meinung tüchtig gesagt?
Stark.
Er war vernichtet. (Ab nach rechts.)
Eugenie
(sieht Wilhelm eine Weile an, höhnisch).
Und Sie sind noch da?
Wilhelm.
Der Abschied wird mir so schwer.
Eugenie.
Wollen Sie vielleicht noch mehr erfahren?
Wilhelm.
Wenn ich Nein sagte, würde ich lügen.
Eugenie.
Gehen Sie, mein Herr, und bessern Sie sich.
Wilhelm.
Das ist gar nicht mein Begehren.

13. Scene.

Vorige. Helene und Bertha (kommen athemlos aus dem Garten gelaufen).

Helene.
Es ist entsetzlich, Mama. Ein Frevler hat unsern Garten geplündert und eine Menge Blumenstöcke verdorben.
Bertha.
Die Blüthen lagen abgepflückt auf dem Rasen.

Helene
(zieht eine Nelke, welche sie verborgen hatte, hervor).
Sehen Sie nur diese Nelke. (Giebt sie ihr.)
Bertha (ebenso).
Hier ist noch eine! (Giebt sie ihr.)
Wilhelm (jubelnd).
Ich gehe, gnädige Frau. Nun brauche ich nichts mehr zu erfahren. Ich bin soeben telegraphisch abberufen worden.
(Mit Verbeugung ab.)
Eugenie.
Der Mensch ist ein ganzer Narr!

(Der Vorhang fällt.)

Zweiter Akt.

(Die erste Dekoration des ersten Aktes. Die Brücke über den Bach ist wieder hergestellt.)

1. Scene.

Wilhelm. August (kommen von rechts).

August.
Und Du sagst, sie würde kommen?
Wilhelm.
Sie hat es mir mittelst Feldtelegraphen mitgetheilt.
August.
Wie soll ich Dir danken.
Wilhelm.
Gar nicht. Ich werde mir schon selbst danken.
August.
Weiß ich erst aus ihrem eigenen Munde, daß sie mich liebt, dann will ich dem Hasse ihrer Adoptiveltern trotzen und sie um jeden Preis erringen.
Wilhelm.
Sei außer Sorge. Sind mir erst die zwei Hauptschlachten, welche heute noch geschlagen werden müssen, gelungen, dann paktirt wohl unser Feind und Dein und unser Glück hat keine Grenzen.

August.
Was haſt Du vor?
Wilhelm.
Das iſt mein Geheimniß. Der Feldherr darf ſich nicht in ſeine Karten gucken laſſen. Greife Du nur Deine Feſtung an und zwinge ſie zur Uebergabe, das Uebrige überlaſſe mir. (Blickt nach rechts.) Aha, die Vorpoſten nähern ſich. So wie der Feind erſcheint, trennen ſich die Heeresſäulen, ich marſchire auf Elſaß, Du auf Lothringen zu.

2. Scene.

Vorige. (Auf dem Hügel erſcheinen) **Helene und Bertha.**
Wilhelm.
Welch' glücklicher Zufall! Unſere ſchönen Nachbarinnen.
Helene.
Steckt unter der Brücke keine Mine? Können wir unbeſorgt hinüber?
Wilhelm.
Auf meine Verantwortung. Ich habe die Brücke mit eigner Hand wieder hergeſtellt.
(Die Damen kommen über die Brücke und Anhöhe herunter.)
Auguſt (zu Bertha).
Mein Fräulein, ich bin ſo glücklich, daß Sie hier ſind.
Bertha (verſchämt).
Mein Herr, auch ich —
Helene
(zu Wilhelm, Bertha parodirend).
Sind Sie auch glücklich?
Wilhelm (Auguſt parodirend).
Ich finde keine Worte, Auguſt findet auch keine Worte, es ſcheint, die Worte ſind uns ausgegangen.
Auguſt (ſich ermannend).
Du haſt Recht! Ich benehme mich wie ein blöder Komödienliebhaber und bin doch ein Mann, welcher weiß, was er will. Fräulein Bertha! Es drängt mich, Ihnen zu ſagen, daß ich mich ſeit längerer Zeit für Sie intereſſire. Ich glaube, in Ihnen das Weib gefunden zu haben, das meinen Lebensweg mit Blumen zu beſtreuen im Stande iſt. Ihre Liebenswürdigkeit, Ihre Sittſamkeit, Ihr wahrhaft jungfräuliches Weſen muthen mich ſo heimathlich an, das Gefühl, welches ich für Sie empfinde, gleicht einer ſtillen, wunderbaren Sommernacht, die Natur ſtürmt nicht, ſie athmet

Düfte, der beseligende Thau wahren, herrlichen Familien=
glückes erquickt die Atmosphäre und tausend Blätter lispeln
zu den Sternen: Ich liebe Dich! — Was haben Sie mir
zu erwiedern?

Bertha (verwirrt).

Mein Herr! Ich habe noch keinem Manne gesagt,
daß ich ihn liebe —

Wilhelm (leise zu Helene).

Das wird ihm nicht unangenehm sein.

Bertha.

Ich fühle mich so beklommen, so ängstlich, und dennoch
wieder so wohl. Ich bin stolz auf die Liebe eines so braven,
biederen Mannes, und ich glaube, eine Vereinigung mit
Ihnen würde mich glücklich machen.

August (will sie umfassen).

Bertha!

Bertha
(entzieht sich der Umarmung, sanft).

Ich bitte.

August (vorwurfsvoll).

Sie lieben mich nicht.

Bertha.

O doch, ja ich glaube, es ganz sicher behaupten zu
können. Ja ich liebe Sie, liebe Sie ganz ungeheuer. Aber
ich kann nur glücklich sein in der Seelenruhe, in dem Be=
wußtsein erfüllter Pflicht. Deshalb würde ich ohne Zustim=
mung meiner Adoptiveltern niemals die Ihre. Diese haben
meine hilflose Jugend beschützt, ich bin ihnen vielen Dank
schuldig und kann viel eher unglücklich als undankbar sein.

August.

Braves, herrliches Mädchen! Diese Gesinnung macht
Sie mir noch begehrenswerther. Doch ich vertraue und baue
auf einen glücklichen, fröhlichen Ausgang.

Bertha (freudig).

Haben Sie wirklich Hoffnung?

August.

Das Geschick kann mich nicht so hart behandeln. Geben
wir uns den Träumen einer herrlichen Zukunft hin.
Träume, die so rein sind wie die unsern, müssen in Er=
füllung gehen.

Bertha.

Das gebe Gott.

August
(hat nach links gesehen).

Dort botanisirt mein Vater. Erlauben Sie, daß

ich Sie ihm vorstelle. Der alte Mann sehnt sich nach der Umarmung einer so lieben Tochter. Wollen Sie?
Bertha.
Gehen wir zu ihm.
(Nimmt August's Arm und geht mit ihm links ab.)
Helene und Wilhelm
(sehen einander eine Zeitlang an).
Helene.
Was sagen Sie?
Wilhelm.
Der gute Mann wäre in diesem Augenblick am liebsten sein eigener Vater.
Helene.
Sie meinen wegen der Umarmung?
Wilhelm (seufzend).
Jawohl! (Pause.)
Helene.
Ich hätte niemals geglaubt, daß ich so schwer wäre.
Wilhelm
(Schwermuth simulirend).
Schwer? Wie meinen Sie das?
Helene.
Sie haben die Brücke da wieder hergestellt. Wahrscheinlich fürchteten Sie, daß Sie mich noch einmal hinübertragen müßten.
Wilhelm (melancholisch).
Ach nein!
Helene (für sich).
Was hat er nur? Unser Gespräch will gar nicht in Gang kommen. (Laut.) Worüber denken Sie denn nach, Herr Major?
Wilhelm (mit Pathos).
Ueber das menschliche Herz. Ach, mein Fräulein!
Helene (ihn kopirend).
Ach, mein Herr!
Wilhelm.
Wenn Sie wüßten!
Helene.
Was denn?
Wilhelm.
Es giebt Augenblicke im Menschenleben —
Helene (einfallend).
Wo man nahe daran ist, sich lächerlich zu machen.
Wilhelm
(in seinem frühern Ton).
Lächerlich?! Wäre nicht übel!

Helene.

Sind Sie ein so schlechter Menschenkenner, Herr Major?

Wilhelm.

Was soll diese Frage?

Helene.

Wollen Sie aufrichtig sein?

Wilhelm.

Wenn es sein muß, ja!

Helene.

Nun, Sie werden ja selbst am Besten wissen, ob es sein muß. — Wollen Sie mir den Hof machen?

Wilhelm.

Und wenn ich das wollte?

Helene.

Dann thun Sie es ja nicht sentimental. Ich würde Ihnen in's Gesicht lachen.

Wilhelm.

Also nicht sentimental? Ist auch mir auf Ehre viel lieber. (Munter.) Mein Fräulein!

Helene.

Mein Herr!

Wilhelm.

Sie gefallen mir.

Helene.

Das weiß ich.

Wilhelm.

Ich liebe Sie!

Helene.

Oho, nicht gar zu schnell!

Wilhelm.

Kann ich dafür? Es kam so schnell.

Helene.

Sie kennen mich ja noch gar nicht?

Wilhelm.

Ich kenne Sie nicht? Ich habe Sie ja auf den Händen getragen.

Helene.

Nun denn, wenn Sie mich kennen, dann portraitiren Sie mich.

Wilhelm.

Sie sind schön.

Helene.

Passirt.

Wilhelm.

Herzensgut.

Helene.

Auch das.

Wilhelm.

Ein wenig boshaft.

Helene.

Ein wenig? Sie schmeicheln.

Wilhelm.

Sie werden Ihren Gatten sehr glücklich machen.

Helene.

Kommt auf den Gatten an.

Wilhelm.

Sie werden ihm aber auch tüchtig einheizen, denn Sie sind eitel.

Helene.

Das muß man sein.

Wilhelm.

Kokett.

Helene.

Habe ich mit Ihnen kokettirt?

Wilhelm.

O ja!

Helene.

Sie lügen abscheulich!

Wilhelm.

Ich spreche die Wahrheit. Haben Sie sich heute Morgen nach mir umgesehen?

Helene.

Das ist wahr.

Wilhelm.

Haben Sie sich nicht sehr gern mit mir in ein Gespräch eingelassen?

Helene.

Sehr gern? Nun ich plaudere gern.

Wilhelm.

Wehrten Sie sich denn gar so sehr gegen unsere Expedition? (Macht die Geste des Hinübertragens.)

Helene.

Sie abscheulicher Mensch! Hätte ich mich denn wehren sollen?

Wilhelm.

Sollen nicht, aber können. Verlockten Sie mich nicht zu einem Rendezvous?

Helene.

Ich Sie?

Wilhelm.

Gewiß. Von Ihnen war ja gar nicht die Rede, und

Sie gaben der Mama auch noch eine Nelke. War das kokett oder nicht? Hand auf's Herz.

Helene (thut so).

Wenn das kokett war, dann habe ich unbewußt kokettirt.

Wilhelm.

So viel steht also fest: Ich liebe Sie, und Sie haben mit mir kokettirt. Was gedenken Sie weiter zu thun?

Helene.

Ich? Ich muß erst wissen, was Sie zu thun gedenken.

Wilhelm.

Erschrecken Sie nicht. Ich gedenke Sie zu heirathen.

Helene.

Vorausgesetzt, daß ich Sie nehme.

Wilhelm.

O Sie nehmen mich schon.

Helene.

Ei, sind Sie Ihrer Sache schon gar so gewiß?

Wilhelm.

Entschieden. Sie können auch gar nichts Klügeres thun. Wir werden eine recht lustige Ehe führen, ewig Kampf, ewig Versöhnung.

Helene.

Sehr verlockend.

Wilhelm.

Das ist es auch. Wenn zwei Personen einander heirathen und unausgesetzt und immer zärtlich mit einander thun, so ist das zwar nicht lebensgefährlich, aber zum Mindesten unvorsichtig. Der ewige Zucker verdirbt ihnen den Geschmack und sie werden, ehe sie daran denken, einander überdrüssig. Wie so ganz anders machen wir das. Wir necken uns vom frühen Morgen bis zum späten Abend, das beschäftigt den Geist und erhält uns munter — die Neckerei der Liebe sei unser tägliches Brod, die Sentimentalität derselben das Dessert, das nur um so besser schmecken wird, wenn vorher die Galle ein wenig thätig war.

Helene.

Sie behandeln das Herz wie den Magen.

Wilhelm.

Weil man das Herz ebenso überladen kann. Nun, was sagen Sie zu meinem Programm?

Helene (zögernd).

Ich weiß wirklich nicht —

Wilhelm.

Glauben Sie, mich das ganze Leben hindurch necken zu können?

Helene.
O das ist es nicht, was mir bange macht.
Wilhelm.
Was ist es denn?
Helene.
Ich glaube nicht, daß Sie ein guter Gatte werden.
Wilhelm
(einfach, ohne Pathos, mit natürlicher Würde).
Ich hoffe es, denn ich halte trotz der Lust an Neckerei den häuslichen Heerd für den Hochaltar der Menschlichkeit. Sie, mein liebes Fräulein, haben ihn nicht von jener Glorie umgeben gesehen, wie ich. Sie schauten nicht, weit entfernt von der Heimath und der Familie, in düsterer, unheimlicher Nacht zum sternenlosen Himmel empor, umgeben von einer tausendfachen Lebensgefahr, die mit unsichtbaren Armen immer und immer wieder nach Ihnen langte. Ihr Herz war nicht zusammengeschnürt von hundertfältigen Ahnungen, Ihre Sinne irrten nicht in den Wüsten bevorstehender, entsetzlicher Möglichkeiten. Ich aber war in dieser Lage. Fast zur Lethargie abgespannt, geistig und körperlich todtmüde lag ich da und die Frage: Warum das Alles? entrang sich unbewußt meinen Lippen. Da erhellte sich wie mit einem Zauberschlage der Horizont, von heiligem Lichte umflossen, trat die Stätte meiner Geburt vor meine trüben Augen, ich sah mich im Kreise meiner Lieben am heimathlichen Heerd. Ich lag am Busen meiner Mutter, gesegnet von meines Vaters Hand. Namenlose Seligkeit erfüllte die Brust und es jubelte in mir: für die Heimath, für den häuslichen Heerd das Alles! Glauben Sie, daß ich vielleicht doch ein guter Gatte werde?

Helene (ergreift seine Hand).
Mein Gatte, wenn es uns gelingt, Bertha und August zu vereinen.
Wilhelm (wieder neckend.)
Und das sagen Sie mir so trocken?
Helene.
Mein Gott, habe ich es denn trocken gesagt?
Wilhelm.
So ohne alle Umarmung, ohne jede Zärtlichkeit.
Helene (abbrechend).
Ich — ich will Bertha nachgehen. Wir wollen die jungen Leute nicht so lange allein lassen.
Wilhelm (die Arme ausbreitend).
Und ich gehe leer aus?
Helene.
Liebster Freund, wir sind erst bei der Suppe, bei der

Suppe, die Sie selbst eingebrockt haben. Wir haben noch sehr lange hin bis zum Dessert. (Ab nach Seite links).
Wilhelm.
Ich glaube, uns Beiden wird der Stoff zum Necken niemals ausgehen. (Auf die Uhr sehend.) Schon 4 Uhr? — (nach rechts sehend.) Ach da ist auch schon mein Duellant.

3. Scene.
Wilhelm. Herr von Stark (von rechts).

Stark
(einen Pistolenkasten unter dem Arm, in der Hand 2 Schläger, kommt über die Anhöhe und Brücke herab).
Wilhelm.
Herr von Stark schleppen ja ein ganzes Arsenal mit sich herum?

Stark (mit affectirtem Muthe).
Ich habe die Waffen mitgebracht, Sie, im Falle Sie an meinem Muthe zweifeln sollten, vom Gegentheil zu überzeugen.

Wilhelm.
Ich habe an Ihrem Muthe nicht gezweifelt, mein Herr. Sie sind der Geforderte, Sie haben die Wahl der Waffen.

Stark.
Allerdings, aber Sie wollten doch —

Wilhelm.
Ich wollte Ihnen ein unblutiges Duell vorschlagen, Sie jedoch scheinen anderer Ansicht zu sein, Ihr Wille geschehe —

Stark.
Nicht doch, ich füge mich überall Ihrer Anordnung — ich weiß eigentlich gar nicht, warum ich die Waffen mitgebracht habe.

Wilhelm.
Dann legen Sie dieselben ab, mein Herr. Wenn mir ein Mann in Waffen gegenüber steht, bekomme ich kriegerische Gelüste.

Stark
(legt die Waffen auf den Tisch).
Da liegen sie schon. Was also haben Sie mir vorzuschlagen?

Wilhelm.
Der Zweck des Kampfes und die Folgen desselben sind Ihnen bekannt. Es handelt sich nur noch um die Art.

Wählen wir eine Waffe, worin Sie Meister sind: Die Liebenswürdigkeit.
Stark.
Liebenswürdigkeit? Ich verstehe Sie nicht —
Wilhelm.
Es werden, da es heute bei Ihren Verbündeten ein Fest giebt, binnen kurzem die geladenen Gäste aus dem Dorfe hier vorüberkommen. Wir suchen uns ein Bauernmädchen aus, und verlangen irgend eine Aufmerksamkeit, eine unschuldige Liebesbezeugung von ihr.
Stark.
Etwa einen Kuß?
Wilhelm.
So viel verlange ich nicht. Eine Blume, ein Busenbouquet genügt. Wem von uns Beiden diese Aufmerksamkeit zu Theil wird, der ist Sieger.
Stark.
Und auf diese Weise wollen Sie mit mir kämpfen?
Wilhelm.
Nur auf diese Weise. Aber wir wählen ein braves, recht sittsames Mädchen.
Stark (bei Seite).
Der Arme ist schwachsinnig. (Laut.) Ich nehme Ihren Vorschlag mit vielem Vergnügen an, mein Herr. Ihre Wahl der Waffen hat mich entzückt, und ich bewundere Ihre Großmuth.
Wilhelm
(hat nach links gesehen).
Da kommt so eben der Schulmeister mit einem Mädchen, wahrscheinlich seine Tochter. Sie trägt eine Rose an der Brust. Wollen wir gleich mit der unser Glück versuchen?
Stark.
Halt, mein Herr, Sie kennen das Mädchen.
Wilhelm.
Ich sehe es so eben zum ersten Male. Mein Wort darauf. —
Stark.
Gut, dann versuchen wir es mit der. Aber wie schaffen wir den Vater fort? Vor dem Vater ist man immer genirt.
Wilhelm.
Sie sind der Geforderte, Sie haben den ersten Schuß. Ich nehme den Vater bei Seite und überlasse Ihnen das Mädchen, bekommen Sie die Blume nicht, dann trete ich ein.
Stark (bei Seite).
Es ist doch ein recht dummer Mensch!

4. Scene.

Vorige. Schullehrer. Röschen (von links).

Schullehrer und Röschen
(letztere ein junges, hübsches Mädchen im baierischen Sonntagsstaate, wollen über die Bühne gehen).

Wilhelm (tritt ihnen entgegen).
Guten Tag, Herr Schullehrer.

Schullehrer.
Guten Tag, gnädiger Herr.

Stark (beleidigend herablassend).
Grüß Gott, Schulmeister.

Schullehrer (etwas zögernd).
Guten Tag, mein Herr.

Wilhelm.
Das ist wohl Ihr Töchterlein, Herr Schullehrer?

Schullehrer.
Ja, gnädiger Herr, das ist meine Rose.

Wilhelm.
Sie erlauben, liebes Röschen, daß ich Ihnen Ihren Vater auf ein paar Minuten entführe, ich habe ein paar Worte mit ihm zu sprechen.

Rose.
Ich will recht gerne warten.

Schullehrer.
Befehlen der gnädige Herr über mich.

Stark.
Sie brauchen ja gar nicht zu eilen. Es wird erst um 6 Uhr gespeist.

Schullehrer.
Ich habe nicht darnach gefragt. (Geht mit Wilhelm nach hinten, wo sie miteinander sprechen)

Rose (für sich).
Ein unangenehmer Mensch!

Stark
(kneift Rose in die Backen).
He!

Rose
(tritt zurück, sieht ihn zornig an).
Nun?

Stark
(sie mit dem Zwicker betrachtend).
Süperbe!

Rose.
Was wollen Sie?

Stark.

Wenn die beiden Herren nur recht viel zu besprechen hätten. —

Rose.

Warum wünschen Sie das?

Stark.

Um mit Ihnen allein zu sein.

Rose.

Ist da was Besonderes dabei?

Stark.

Gewiß, denn ich habe Gelegenheit, Ihnen zu sagen, wie schön Sie sind.

Rose.

So?

Stark.

Es freut Sie doch, das zu hören?

Rose.

Es kommt eben darauf an, wer es mir sagt.

Stark.

Sie haben das wohl schon oft gehört?

Rose.

Von wem?

Stark.

Von Ihrem Schatz.

Rose.

Ich habe keinen Schatz.

Stark.

Wer hat Ihnen denn die Rose geschenkt, die Sie im Mieder tragen?

Rose.

Ich habe sie selbst gepflückt

Stark.

So? Schenken Sie mir die Rose.

Rose.

Die Rose? Nein, mein Herr, die schenke ich Ihnen nicht.

Stark.

Weil sie ein Liebesandenken ist. He?

Rose.

O ja, von meinem guten Vater. Er schenkte mir zu meinem Geburtstage einen schönen Rosenstock und sprach: „Dieses Bäumchen, meine Tochter, ist Dein Schmuckkästlein, trage seine Blüthen als den einzigen Schmuck, der Dir gebührt." Diese Rose ist für mich das, was für eine große Dame eine Brillanten-Agraffe. Würden Sie von einer großen Dame die Brillanten verlangen?

Stark (bei Seite).
Warum nicht? (Laut). Mein liebes Kind, das ist denn doch etwas Anderes.
Rose.
Ich finde das nicht.
Stark.
Es giebt große Damen, welche ihre Brillanten wohl nicht verschenken, aber doch verkaufen. Verkaufen Sie mir die Rose, ich gebe Ihnen einen blanken Thaler dafür.
Rose.
Behalten Sie Ihren Thaler, mein Herr, und ich behalte meine Rose.
Stark (bei Seite).
Das Mädchen ist verdammt zähe. (Laut). Sie haben mich schwer gekränkt, mein Kind.
Rose.
Ich?
Stark.
Ich sehe Sie, bin von Ihrer Schönheit entzückt, verliebe mich in Sie, will das Rößchen haben, um es in ein Buch zu pressen zum ewigen Andenken an diese selige Stunde und Sie verweigern mir die kleine Gabe. O — Wie heißen Sie denn?
Rose.
Ich heiße Rose.
Stark.
O Rose, warum hast Du mir das gethan?
Rose.
Sie vergessen, mein Herr, daß ich des Schullehrers Tochters bin.
Stark.
Was hat das zu sagen?
Rose.
Daß ich mehr gelernt habe, wie die andern Dirnen und Wahrheit von schlechten Späßen zu unterscheiden weiß.
Stark.
Sie glauben mir nicht? Auf meinen Knieen —
(Will niederknieen).
Rose.
Bleiben Sie stehen, lieber Herr, ich will Ihnen wohl nicht meine Rose, aber einen guten Rath geben: Sprechen Sie sobald als möglich mit dem Doktor.
Stark.
Mit dem Doktor? Die schmucke Katze hält mich für verrückt! (Laut.) Wenn ich nun aber so vernünftig wäre, Dir die Blume zu stehlen? (Hat ihr die Rose genommen).

Rose (fest).

Geben Sie mir die Rose wieder, mein Herr, oder ich rufe um Hülfe. Ich würde weinen um die arme Blume, wenn sie in Ihren Händen verwelken sollte. Meine Rose will ich haben.

Stark.

Da da, machen Sie doch keinen solchen Spektakel. (Schullehrer und Wilhelm sind vorgekommen).

Schullehrer.

Was hast Du denn, mein Kind?

Rose.

Ich habe nur diesem Herrn hier erklärt, wie lieb ich meine Blumen habe.

Schullehrer.

Und dabei kommst Du so in Eifer?

Wilhelm.

Mit Recht, Herr Schullehrer. Die Blumen sind wie die Kinder, sie halten sich nur bei guten Menschen, denn nur solche wissen sie zu schätzen. Ich liebe die Blumen. Was haben Sie da für eine schöne Rose, mein Kind? — Die möchte ich wohl haben.

Stark (bei Seite).

Da kann er lange warten.

Rose (sehr freundlich).

Gefällt sie Ihnen?

Wilhelm.

Es ist nicht die einzige schöne Rose, die im Schulhause gedeiht.

Stark (bei Seite).

Filigrangalanterie für eine Dorfdirne! Es ist lächerlich.

Wilhelm.

Es bleibt also bei unserer Abrede, Herr Schulmeister.

Schullehrer.

Gottes Segen über Sie, Herr Major. Denke Dir nur, mein Kind. Der Herr hat unserer Schule eine Sammlung physikalischer Instrumente geschenkt. Nun will ich unsere Jungen blitzen und donnern lassen, daß es eine wahre Freude ist.

Wilhelm.

Machen Sie doch kein Aufhebens von einer solchen Kleinigkeit.

Stark (bei Seite).

Mit solchen Waffen kämpft der Herr Major? Na warte. (Laut) Wissen Sie was, Schulmeister, ich habe eine große Menge alter Bücher zu Haus, ich schenke Ihnen den ganzen Plunder. Sie werden allerlei davon brauchen können.

Schullehrer.
Ich nehme Ihre Gabe an und danke Ihnen im Namen der Schule.
Rose
(welche inzwischen mit Wilhelm gesprochen).
Nichts für ungut mein Herr, aber ich komme immer in Eifer, wenn ich von meinen Blumen rede. Gehen wir, Vater?
Schullehrer.
Ja, mein Kind. Meine Herren, Ihr ergebener Diener.
(Steigt den Anhang zur Brücke empor).
Stark (bei Seite).
Er kriegt die Rose auch nicht. Natürlich, wenn ich abgeblitzt bin —
Rose.
Adieu. (Knixt, geht ihm nach und kommt zurück zu Wilhelm.) Ich hätte eine Bitte an Sie, mein Herr.
Wilhelm.
Sprechen Sie, mein Kind.
Rose.
Sie würden mir eine recht große Freude machen, wenn Sie — wenn Sie —
Wilhelm.
Nun?
Rose.
Wenn Sie — (Steckt ihm rasch die Rose ins Knopfloch). Adieu! (Läuft ihrem Vater nach.)
Stark (erstaunt).
Ah, das ist kolossal!
Wilhelm (zu Stark).
Nun, mein Herr?
Stark.
Diese Landleute haben doch einen abscheulichen Geschmack.
Wilhelm.
Ich danke Ihnen für das Kompliment. Also Sie entsagen nunmehr Ihrer Braut!
Stark.
Verdammte Geschichte das!
Wilhelm.
Kriegs=Glück, mein Verehrter.
Stark.
Wenn sie aber von mir nicht lassen will?
Wilhelm.
Dann sind Sie zu nichts verpflichtet.

Stark.

Merkwürdig! Ich bin überzeugt, daß es wenig so liebenswürdige Menschen giebt, als ich einer bin und ich finde gar keine Anerkennung! (Packt seine Waffen zusammen.) Abscheulich. Die Landluft ist meinen Unternehmungen nicht günstig. Ich werde nach der Stadt zurückkehren. Da giebt es noch eine Menge Damen, welche mich äußerst liebenswürdig finden.

5. Scene.

Vorige. Helene, Bertha, August und **Hans** (kommen von links.)

Helene (sieht Stark).

Oho! hier wurde wohl eine Schlacht geliefert. Herr von Stark unter Waffen!

Hans.

Keine Dummheiten, Kinder.

Bertha (erschreckt).

Sie wollen sich schlagen —

Stark (den Heros spielend).

Wir haben uns geschlagen.

Alle (ohne Wilhelm).

Geschlagen?

Helene (zu Stark).

Sie blieben doch Sieger?

Stark.

Kaum glaublich — aber wahr — ich ward besiegt, aber ich habe mich brav gehalten. Nicht wahr, Herr Major?

Wilhelm.

Wer zweifelt daran. (Zu Stark.) Da die Damen hier sind, können wir sogleich unsere Angelegenheit zu Ende führen. Herr von Stark verzichtet nämlich auf die Hand seiner Braut. —

Bertha (entzückt).

Ist es möglich? O, Sie edler, lieber Mann.

Wilhelm.

Muß ich noch weiter fragen?

Stark (kleinlaut).

Das Entzücken über meinen Verlust war so ungeheuchelt, daß ich wohl nicht mehr zweifeln darf.

Helene (zu Bertha).

Wir müssen nach Hause, mein Kind, Mama wird uns erwarten. Herr von Stark begleitet uns, nicht wahr?

Stark.

Nach Wunsch, obschon es mir schwer werden wird, der Frau von Möllendorf unter die Augen zu treten.

August
(sich von Bertha verabschiedend).

Leben Sie wohl, mein Fräulein.

Bertha.

Auf Wiedersehen.

August.

Ich gebe Ihnen noch ein Stückchen Weges das Geleite.

Hans
(küßt Bertha auf die Stirn).

Ich hoffe recht bald „meine Tochter" sagen zu können.
(Begleitet Bertha und August zum Hügel).

Stark
(nimmt Wilhelm bei Seite).

Wäre es nicht ganz in der Ordnung, daß Sie mich zum Kriegsgefangenen machten?

Wilhelm.

Zum Kriegsgefangenen?

Stark.

Wissen Sie, es ist mir nach der kleinen Schlappe doch etwas unangenehm, mit Frau von Möllendorf zusammen zu kommen. Sie rechnete so entschieden auf Sieg. Mein Gott, ich hätte ja auch siegen können, es kam aber anders. (Bittend.) Nehmen Sie mich gefangen, dann kann ich nicht zurück. Verstehen Sie mich denn nicht?

Wilhelm.

Vollkommen. Sie gehen also mit uns, quartieren sich bei uns ein, schreiben Frau von Möllendorf den Absage= brief und ich bestelle ihn selbst. So zwinge ich diese Dame mich noch einmal vorzulassen. Es ist ganz gut so. (Ruft Hans zu.) Landwehr!

Hans (kommt vor).

Hier!

Wilhelm.

Dieser Gefangene wird auf die Festung geführt. Jeder Fluchtversuch wird mit dem Tode bestraft.

Hans.

Sehr wohl. Laufen Sie mir also nicht davon, mein Herr, sonst schieße ich! Sie werden so gut sein, mir in letzterem Falle Ihre Waffen zu leihen.

Stark.
Allerliebster, scherzhafter, alter Herr das!
Helene (zu Wilhelm).
Mein Herr, Sie haben eine Hauptschlacht gewonnen.
Wilhelm.
Wenn nur erst auch die belagerte Haupt=Festung kapituliren wollte.
Helene.
Muth, mein Freund! Bald wird die weiße Fahne auch dort wehen! (Zu Bertha, welche mit August am Hügel steht.) Bertha! Wir ziehen uns auf unser Hauptcorps zurück! Vorwärts! Marsch!
Hans.
Vorwärts! Marsch!
(Helene und Bertha nach links, Hans und Stark nach rechts ab).
August
(der heruntergekommen ist, umarmt Wilhelm).
Mein Freund, mein Bruder!
(Der Zwischenvorhang fällt).

Verwandlung.

(Die 2. Dekoration des ersten Aktes, die Thüren in den Garten sind offen, man sieht einen gedeckten Tisch).

6. Scene.

Landleute (beiderlei Geschlechts, darunter) der **Kaufmann**, der **Barbier**, der **Bauer**, der **Schulmeister**, seine Tochter **Rose**, der **Schneider**, die **Schneiderin**. (Sie sind im Salon herumgruppirt, die Schneiderin und Rose sitzen steif am Canapé, die Uebrigen in verschiedenen Gruppen, mitten im Theater der Schneider, neben ihm der Bauer. Wie der Vorhang aufgeht, bleiben die Gruppen, einander betrachtend eine Zeit lang unbeweglich).

Schneider (in die Höhe schnellend).
Meine Herren!
Bauer
(zieht ihn auf den Sessel nieder).
Schneider, seid still!
Schneider.
Warum soll ich stille sein.? der gnädige Herr meinte, wir sollen uns unterhalten. (Schnellt in die Höhe). Meine Herren! —

Bauer (zieht ihn wieder nieder).

Schneider, seid still!

Schneider.

Ihr seid ein unausstehlicher Mensch! Meinethalben bleibt Ihr sitzen, wie ein angemalener Türke, ich muß Bewegung haben, das ist meine Natur. (Springt auf.) Hat uns Herr von Möllendorf eingeladen, damit wir sitzen bleiben, wo er uns hingesetzt hat? Er giebt eine Tafel, diese Tafel ist eine politische Tafel, dabei muß gesprochen werden, ich will sprechen und ich spreche sehr schön.

Schullehrer.

Eigentlich hat der Schneider Recht. Wir sitzen hier und trauen uns kaum zu athmen. So benehmen sich keine Wähler, die bei einem Wahlkandidaten zu Gaste sind. (Steht auf).

Schneider.

Steht auf, meine Herren, und kommt zu mir. Ich denke, wir besprechen unsere Angelegenheit noch einmal.

Barbier.

Was ist da noch zu besprechen. Ich bin entschieden für Herrn von Möllendorf. (Tritt zum Schneider).

Schneider.

Ihr sprecht wie ein Barbier. Weil Herr von Möllendorf sich von Euch täglich rasiren läßt, glaubt Ihr, er müsse Vorsteher werden?

Kaufmann (tritt dazu).

Ich stimme dem Barbier bei. Herr von Möllendorf —

Schneider.

Ist ein guter Kunde, braucht viel Kaffee und Zucker. Ihr behandelt eine politische Angelegenheit wie die Cichorie, und denkt nur daran, wie Ihr am meisten profitiren könnt. Das ist aber nicht in der Ordnung. Wir sind Staatsbürger, wir sind freie Männer, die kehren sich nicht an Cichorie und Kandelzucker, die vertreten ihre —

Schneiderin (ist dazugetreten, barsch).

Was faselst Du denn schon wieder? Du hast doch heute noch nichts getrunken!

Schneider (kleinlaut).

Aber Cordula! Wir sind ja nicht zu Hause. Ich bin Mann, ich bin Bürger —

Schneiderin.

Ein Narr bist Du, und ein ganz gründlicher, kompletter. Meiner Ansicht nach müßt Ihr Herrn von Möllendorf wählen aus gar verschiedenen Gründen. Erstens ist er Familienvater, hat eine Frau und ein Gemeindevorstand muß eine Frau haben, sonst kommt in Eure Angelegenheiten eine Junggesellen-wirthschaft. Zweitens lebt er schon lange unter uns, ist gütig und herablassend. Hat Euch Herr von Stille eingeladen? Nein! Giebt er Euch Etwas zu essen? Nein. Hier behandelt man uns wie seinesgleichen. Hier ist unser Platz.

Kaufmann und Barbier
(ihr die Hände schüttelnd).

Gut gesprochen, brave Frau!

Schneider.

Was wißt Ihr denn, es ist nicht Euere Frau.

Schneiderin (drohend).

Du! Du! —

Schullehrer (zur Schneiderin).

Meine gute Frau, die Freiheit der Diskussion muß gewahrt werden. Euer Mann hat Gründe für seine Ansicht, diese wollen wir hören. Sprecht, Nachbar.

Schneider.

Ich darf also sprechen?

Schneiderin.

Untersteh' Dich!

Schullehrer.

Frau Nachbarin, mäßigt Euch.

Schneider.

Ich will sprechen, aber meine Frau muß von zwei handfesten Männern gehalten werden.

Schneiderin (will auf ihn zu).

J Du abscheulicher —

Schneider (retirirt).

Seht Ihr? Wenn sie nicht festgehalten wird, kann ich nicht reden.

Schullehrer.

Frau Nachbarin, ich fordere Euch zur Ruhe auf. Euer Mann muß sprechen, das erfordert die Bürgerpflicht und Ihr müßt ihn sprechen lassen, wir Alle wollen es. Ist dem so? —

Alle.

Der Schneider soll reden!

Schneiderin.

Gut, rede nur zu, wenn wir nach Hause kommen, dann sprechen wir Zwei allein weiter.

Schneider.

Das bleibt mir ja doch nicht aus. Herr Schullehrer und Ihr, Nachbar, (zum Bauer) nehmt meine Frau in Eure Mitte, dann will ich in Gottesnamen eine Rede halten.

Schullehrer und Bauer
(stellen sich zu beiden Seiten der Schneiderin auf).
Schneiderin (vor Zorn weinend).
Behandelt man so eine Frau? Na warte, freue Dich!
Bauer.
Schneiderin, seid still!
Schneider.
Meine Herren, ich bin gegen Herrn von Möllendorf nnd will Euch meine Gründe angeben. Es ist wahr, er hat uns zum Essen eingeladen, aber wir haben bis jetzt noch nichts bekommen. Das ist aber nicht die Hauptsache.
Einige Bauern.
O ja.
Schneider.
Still, Kinder, Essen ist äußerst angenehm, aber nicht die Hauptsache. Seht mich an. Bin ich nicht ein tüchtiger, thätiger Mensch? Gehe ich nicht mit Feuer an meine Angelegenheiten? Könntet Ihr Euch einen besseren Gemeindevorsteher wünschen?
Kaufmann.
Ihr wolltet also selbst?
Barbier.
Das ist lächerlich!
Schneider.
Laßt mich ausreden. Trotz meiner vorzüglichen Eigenschaften tauge ich doch nicht zu dem Posten, weil ich keinen Begriff von freier Handlung, von eigenem Willen, von Energie habe. Und warum habe ich das Alles nicht? Weil mich der Himmel mit einer bösen Frau gesegnet hat.
Schneiderin (will auf ihn zu).
Nun ist's zu viel!
(Schullehrer und Bauer halten sie zurück).
Bauer.
Schneiderin, seid still!
Schneider.
Ja, meine Herren, das ist der Grund, warum meine ausgezeichneten politischen Qualitäten hinter dem Zuschneidetische verkommen müssen. Ich habe mich in mein Schicksal hineingefunden, ich habe entsagt und will kein Minister werden. Derselbe Fluch lastet aber auch auf Herrn von Möllendorf. Auch er ist unter dem Pantoffel, wie ich, auch er muß thun, was seine Frau will, und wir wollen kein Weib zum Gemeindevorsteher wählen.
Alle
(mit Ausnahme des Kaufmanns, Barbier und Schneiderin).
Bravo! Der Schneider hat ganz Recht.

Bauer.
Schneider, diesmal seid nicht still, Ihr habt sehr vernünftig gesprochen.
Schneider.
Ich danke Euch, bleibt aber bei mir, so lange wir beisammen sind.
Bauer.
Verlaßt Euch nur auf mich, hier bekommt Ihr nichts. (Deutet mimisch Prügel an.)
Schullehrer.
Der Schneider hat so ziemlich Alles gesagt, was ich habe sagen wollen, ich schweige demnach und — (Steht die Eintretenden). Der gnädige Herr!

7. Scene.

Vorige. Möllendorf. Eugenie (von rechts).

Eugenie (freundlich).
Meine verehrten Nachbarn und Nachbarinnen, entschuldigt, daß ich Euch so lange allein ließ, die Vorbereitungen zum Thee haben mich ganz in Anspruch genommen. (Spricht mit der Gesellschaft).
Schneider (zum Bauer).
Thee?
Bauer.
Sie wird uns doch nicht zum Schwitzen eingeben?
Schneider.
Ich werde das auf eine feine Weise aus ihr herausbekommen.
Möllendorf.
(welcher mit dem Schullehrer und mehreren Landleuten gesprochen, zum Schneider).
Nun Meister, wie unterhalten Sie sich?
Schneider.
Ich danke, Herr Collega.
Möllendorf (lachend).
Herr Collega? Bin ich ein Schneider?
Schneider.
Nicht dieserwegen, sondern von wegen unserer Frauen. Wir tragen da Beide unser schönes Kreuz.
Möllendorf (gezwungen lächelnd).
Immer spaßhaft, der liebe Meister. (Bei Seite). Wie gerne möchte ich doch diese Gesellschaft zur Thüre hinauswerfen. (Geht zu den Uebrigen und unterhält sich mit ihnen).

Bauer (leise zum Schneider).

Es kommt noch immer nichts zum Essen.

Schneider (ruft laut).

Nachbarn! So eben wird aufgetragen.

(Kaufmann, Barbier, Bauer, Schneiderin und die übrigen Landleute stürzen hinaus in den Garten. Rose hat eben mit Eugenie, der Schullehrer mit Möllendorf gesprochen).

Eugenie.

Aufgetragen? Das ist ja nicht möglich. (Zu den Abstürzenden). So bleibt doch!

Schneider.

Lassen Sie die Hungrigen nur laufen, gnädige Frau. Ich habe sie ja nur entfernen wollen.

Eugenie.

Warum?

Schneider.

Ich hätte mit Ihnen Einiges zu besprechen.

Eugenie (zu Möllendorf).

Lieber Mann, gehe in den Garten und beruhige die Herrschaften. Sie werden nicht verhungern. Herr Schullehrer, helfen Sie meinem Gatten.

Schullehrer.

Mit Vergnügen. (Ab mit Möllendorf und Rose).

Eugenie (zum Schneider).

Was haben Sie mir zu sagen?

Schneider.

Ich meine es gut mit Ihnen, gnädige Frau, und da habe ich Ihnen Betreffs der Tafel einige Winke geben wollen.

Eugenie.

Betreffs der Tafel?

Schneider.

Die Gnädige kennen das Bauernvolk nicht so wie ich. Diese Leute sind, namentlich wenn es nichts kostet, unmäßig, essen und trinken über Gebühr und werden dann leicht — (deutet Trunkenheit an).

Eugenie (zweifelhaft, wo er hinaus will).

Nun?

Schneider.

Die Menschen sind einmal so, wir werden sie nicht ändern; es kann ja auch nicht lauter gebildete Leute geben, wie wir sind.

Eugenie (ungeduldig).

Zur Sache.

Schneider.

Da wollte ich Sie denn bitten, Ihre Freigebigkeit nicht

zu übertreiben und im Auftragen, namentlich beim Trunke, das richtige Maaß zu halten. Man muß den Leuten keine Gelegenheit zur Unmäßigkeit geben.

Eugenie.
Hierüber können Sie ruhig sein. Ich danke Ihnen jedenfalls für den Wink.

Schneider (für sich).
Jetzt weiß ich erst recht nicht, was wir bekommen. (Laut). Es giebt auch verschiedene Speisen, welche diese Bauersleute gar nicht zu würdigen wissen, und da wollte ich denn, Falls Sie etwa guten Rath brauchten —

Eugenie.
Die Sache ist bereits in Ordnung. Entziehen Sie sich der Gesellschaft nicht ferner.

Schneider (für sich).
Sie will nicht mit der Sprache heraus. (Laut). Nichts für ungut, gnädige Frau, es ist eigentlich unverschämt von mir, aber Sie sehen gewiß nur auf meine gute Absicht.

Eugenie
(halb zornig, sich mühsam beherrschend).
Was wollen Sie denn eigentlich wissen?

Schneider.
Was bekommen wir denn zum Essen? Doch nichts, was den Magen verbirbt?

Eugenie (kurz).
Thee.

Schneider.
Zum Essen oder zum Trinken?

Eugenie.
Nach Belieben.

Schneider.
Und sonst Nichts?

Eugenie.
Wünschen Sie Etwas?

Schneider.
Jetzt bin ich beruhigt. Thee wird unseren braven Landleuten die Köpfe nicht wirblicht machen. Danke für gütige Auskunft. (Für sich). Thee geben und Gemeindevorsteher werden? Kolossal lächerlich. (Ab in den Garten).

Eugenie.
Ein zudringlicher Mensch! Habe ich nur erst mein Ziel erreicht, dann soll mir von diesem Gelichter Niemand die Schwelle überschreiten.

8. Scene.

Eugenie. Helene und Bertha (von links).

Eugenie.
Ah, kommt Ihr endlich nach Hause?

Bertha (ängstlich).
Haben wir eine Arbeit versäumt?

Helene.
Etwa in der Küche —

Eugenie.
Die Honneurs hättet Ihr machen müssen, aber Ihr seid, wenn es gilt, mir eine Last abzunehmen, niemals bei der Hand.

Bertha.
Verzeihen Sie, Mama.

Helene.
Dürfen wir in den Garten?

Eugenie.
Habt Ihr Herrn von Stark nicht gesehen?

Bertha (verlegen).
Nein.

Helene (entschieden).
Mit keinem Auge. Ist er denn fort?

Eugenie.
Er bleibt so lange, es wird ihm doch kein Unfall begegnet sein?

Helene.
Wo denken Sie hin, Mama? Ein so vorsichtiger Mann weicht jeder Gefahr von weitem aus.

Eugenie.
Ich fürchte seine Hitze —

Helene.
Die fürchte ich nicht! Er hat mich immer sehr kalt gelassen.

Eugenie.
Bertha, vergiß nicht, daß Du heute noch Deine Verlobung feierst.

Helene.
So etwas vergißt man nicht, Mama. Ich werde schon daran erinnern.

Eugenie.
Und nun geht.

Helene.
Komm, Bertha. (Leise zu dieser.) Mama wird furiose Augen machen! (Ab mit Bertha nach dem Garten.)

9. Scene.

Eugenie. Franz. Später **Wilhelm** (von links).

Franz.
Gnädige Frau, ein Bote des Herrn von Stark wünscht Sie zu sprechen.

Eugenie.
Lasse ihn eintreten. (Franz ab.) Ein Bote? Warum kommt er nicht selbst! Ich fürchte ein Unglück.

Wilhelm (tritt ein).

Eugenie (wüthend).
Mein Herr! Was wollen Sie hier? Sie wagen es, mir noch einmal unter die Augen zu treten?

Wilhelm.
Wünschen Sie es nicht? Gut, ich gehe, aber dieser Brief an Sie bleibt dann unbestellt.

Eugenie.
Sie haben einen Brief an mich?

Wilhelm (nimmt ihn heraus).
Hier ist er, aber Sie wollen ihn nicht, ich gehe.
(Will ab.)

Eugenie.
Geben Sie mir den Brief.

Wilhelm.
Ich dränge mich nirgend ein. Ich glaubte, Ihnen gefällig zu sein, Sie denken anders, ich empfehle mich — (Will ab.)

Eugenie.
Bleiben Sie! — Ich bitte Sie, zu bleiben.

Wilhelm.
Wenn Sie so freundlich mit mir sprechen, muß ich gehorchen. Hier ist der Brief. (Ueberreicht ihr denselben.)

Eugenie
(erbricht den Brief und liest).
„Gnädige Frau! Ihre Pläne haben mich zu einem Duell gezwungen. Ich habe für unsere Interessen mein Leben auf's Spiel gesetzt, aber das Glück war nicht mit uns. Trotz meiner aufopfernden Tapferkeit ward ich besiegt." — (Spricht.) Er ist todt! Sie haben ihn getödtet!

Wilhelm.
Haben Sie schon von einem Todten Briefe erhalten?

Eugenie (liest weiter).
„Als Besiegter verzichte ich auf die Hand Ihrer Tochter. Sie ist frei. Ich besuche Ihr Haus nie wieder, denn mein Entschluß ist unerschütterlich!" — (Sieht stumm vor sich hin.)

Wilhelm.
Was sagen Sie nun, gnädige Frau?
Eugenie.
Sie haben dem armen Stark eine Falle gelegt, der Arglose ging gewiß leicht hinein. Sie haben auf hinterlistige Weise meine Pläne gestört. Sie — Sie sind —
Wilhelm.
Was denn? Heraus damit, geniren Sie sich gar nicht!
Eugenie.
Mit welchem Rechte mischen Sie sich in meine Angelegenheiten?
Wilhelm.
Das frage ich Sie auch!
Eugenie.
Habe ich Sie herausgefordert?
Wilhelm.
Das haben Sie. Um Ihrem Eigenwillen, Ihrer Herrschsucht zu fröhnen, setzen Sie das Lebensglück Ihrer Angehörigen auf's Spiel. Um Ihrer Leidenschaft zu genügen, treten Sie das freie Bestimmungsrecht Ihrer Umgebung mit Füßen, opfern die Ruhe Ihres Gatten einer Grille. Eine solche Frau muß man jedenfalls unschädlich machen, und dazu bin ich der rechte Mann.
Eugenie (außer sich).
Mein Herr! welche Sprache! Mein Haß gegen Sie kennt keine Grenzen!
Wilhelm.
So weit haben Sie es bei mir noch nicht gebracht. Ich bedaure Sie nur.
Eugenie.
Was Sie für mich fühlen, ist mir sehr gleichgültig.
Wilhelm.
Dennoch reiche ich Ihnen noch einmal die Hand zur Versöhnung. Mischen Sie sich nicht weiter in die Angelegenheiten der Gemeinde, geben Sie meinem Cousin die Hand Ihrer Bertha —
Eugenie.
Niemals!
Wilhelm.
Sie haben gesehen, daß ich Geschick habe, die Freier, welche uns geniren, zu entfernen. Sie haben das Spiel gegen mich verloren, aber Sie können noch ehrenvoll zurücktreten. Beharren Sie bei Ihrem Entschlusse, dann liefere ich Ihnen eine zweite Schlacht, welche schlimmere Folgen haben wird.

Eugenie.
Was können Sie mir thun?

Wilhelm.
Ich kann vor Allem Ihren Gatten, welcher unter Ihrer Herrschaft seufzt, aus seiner Lethargie rütteln, auf daß er sich seiner Würde bewußt werde und Ihnen die angemaßten Zügel des Hausregimentes entreiße.

Eugenie.
Sie faseln, mein Herr.

Wilhelm.
Nehmen Sie meine Vorschläge an. Sie haben Alles zu verlieren, wir Alles zu gewinnen.

Eugenie (höhnisch).
Ich sollte Ihnen wohl noch für Ihre Gefälligkeit eine Belohnung geben?

Wilhelm.
Daran habe ich schon ernstlich gedacht.

Eugenie.
Wirklich?

Wilhelm.
Natürlich, kein Mensch ist ganz ohne Eigennutz.

Eugenie.
Was Sie verlangen, ist wohl noch ein Geheimniß?

Wilhelm.
Nichts auf der Welt ist geheim. Ich möchte Sie gerne Mutter nennen.

Eugenie.
Herr, treiben Sie Ihre Unverschämtheit nicht zu weit.

Wilhelm.
Ich liebe Helenen, wenn ich Alles geschlichtet habe, werden Sie mir wohl die Hand des Fräuleins nicht verweigern.

Eugenie.
Eher lege ich mich in's Grab.

Wilhelm.
Gott bewahre, daß ich so Schlimmes verlangen sollte! Geben Sie nach, gnädige Frau, glauben Sie mir, es ist zu unser Aller Bestem.

Eugenie.
Nun, so hören Sie denn mein letztes Wort. Sie haben mir durch Ihre Machinationen Stark aus den Händen gespielt. Sie feiern diese That als einen großen Sieg, ich halte sie für keinen besonderen Verlust. Noch ist meine Kampflust nicht zu Ende. Erst siege ich auf dem Gebiete des öffentlichen Lebens, beschäme Sie durch die Wahl meines Gatten

zum Gemeindevorstand und dann will ich sehen, ob ich in meinem Hause noch Macht genug habe, mir unangenehme Freiwerber vom Halse zu schaffen.

Wilhelm.
Ist die Wahl Ihres Gatten schon so gewiß?

Eugenie.
So gut als gewiß. Sie haben in Ihrer hohen Weisheit vergessen, mit den Schwächen der Wähler zu rechnen, Sie haben es verschmäht, zu den guten Leuten herabzusteigen, um sie für sich zu gewinnen, ich unbedeutende, beschränkte Frau habe daran gedacht — die Leute sind da, sind mein, und Sie vermögen nichts mehr gegen mich.

Wilhelm.
Arme Frau, Sie dauern mich. Ich biete Ihnen noch einmal meine Hand, es ist das letztemal.

Eugenie.
Sie verbergen Ihre Betroffenheit hinter Prahlerei, ich möchte doch sehen, wie Sie meinen wohl erwogenen Plan durchkreuzen wollen.

Wilhelm.
Also kein Friede?

Eugenie.
Kampf auf Leben und Tod.

Wilhelm
(schaut in den Garten).
Er hat schon begonnen.

Eugenie.
Was sagen Sie?

10. Scene.

Vorige. Möllendorf (aus dem Garten).

Möllendorf
(ruft Eugenie bei Seite).
Eugenie!

Eugenie.
Was giebt es?

Möllendorf.
Es hat sich etwas Merkwürdiges zugetragen.

Eugenie.
Was denn?

Möllendorf.
Der alte Stille kam zu uns.

Eugenie.
Ist er denn eingeladen?

Möllendorf.

Er kam ungeladen, unter dem Vorwande, an der Freude seiner Mitbürger Theil nehmen zu wollen und bittet um Erlaubniß, ein Faß Wein und ein Dutzend Körbe voll Eßwaaren zum allgemeinen Besten beitragen zu dürfen.

Eugenie (entsetzt).

Mein Gott!

Möllendorf.

Was soll ich ihm sagen?

Eugenie.

Weise ihm die Thüre.

Möllendorf.

Aber mein Kind —

Eugenie.

Weise ihm die Thüre, sage ich, denn diese Beleidigung übersteigt alle Grenzen. Zu einem Feste, das wir geben, will er Speisen und Trank herbeischaffen?

Wilhelm (bei Seite).

Herrliche Landwehr!

Eugenie (auf Wilhelm).

O mein Herr, das ist Ihres Hauses Werk.

Wilhelm.

Und wenn es das wäre?

Eugenie.

Dann haben Sie sich gründlich verrechnet. Die Beleidigung, welche uns damit angethan wurde, ist so groß, daß selbst der gemeine Bauer entrüstet sein muß.

Wilhelm.

Wissen Sie das ganz genau?

Möllendorf.

Aber ich muß doch dem Manne Antwort sagen.

Eugenie.

Das will ich selbst.

Möllendorf.

Thue das, hier ist er.

11. Scene.

Vorige. Hans v. Stille, Schulmeister, Schneider, Bauer, Kaufmann, Schneiderin, Rose, Barbier und alle Landleute
(sind durch die Mittelthüre eingetreten).

Hans (zu Möllendorf).

Nun, mein Herr! Sie nehmen doch mein freundschaftlich gemeintes Anerbieten an?

Die Gäste.

Natürlich, warum denn nicht?

Schneider (zum Bauer).
Auf diese Weise bekommen wir doch Etwas zu essen.
Bauer.
Schneider, seid still.
Möllendorf (verlegen).
Küchenangelegenheiten gehören in das Ressort meiner Frau. Sie wird antworten.
Eugenie (zu Hans).
Mein Herr! Ich kann mich noch immer nicht von meinem Erstaunen erholen, denn ich erinnere mich nicht, Ihnen Veranlassung gegeben zu haben, uns so tödtlich zu beleidigen.
Hans (erstaunt).
Beleidigen?
Schneider (zum Bauer).
Das ist nicht übel! Wenn wir essen, ist sie beleidigt.
Bauer.
Schneider, seid still.
Eugenie.
Es wundert mich, daß Sie diese Beleidigung nicht fühlen, ich bin überzeugt, daß meine geschätzten Gäste davon durchdrungen sind.
Hans.
Wollen Sie mir das vielleicht näher erklären?
Eugenie.
Ich lade die Bewohner von Möllendorf zu einer freundschaftlichen Besprechung gemeinschaftlicher Angelegenheiten ein. Der gesellige Verkehr, die gemüthliche Unterhaltung, nicht das Essen ist der Zweck unserer Zusammenkunft, und Sie bringen ganze Waarenladungen von Speisen und Getränken hierher, meine Gäste zu traktiren. Glauben Sie, daß ich dieselben hungern lasse?
Schneider (zum Bauer).
Ich kann's bestätigen, mir brummt der Magen.
Bauer.
Schneider, seid still.
Eugenie.
Liebe Nachbarn und Nachbarinnen, sagt selbst, ist es keine Beleidigung der Hausfrau, wenn ein Anderer ihre Gäste speisen will?
Einige.
Allerdings, aber —
Hans.
Sie betrachten mein Anerbieten aus einem falschen Gesichtspunkte. Ich wußte nicht, gnädige Frau, daß Sie unsere

Nachbarn eingeladen haben, um aus der Gastfreundschaft politisches Material zu schlagen, einen Einfluß auszuüben auf die morgige Wahl. Ich dachte mir, Sie wollten einmal recht gemüthlich mit Ihren Mitbürgern zusammentreffen, sich zwanglos unterhalten, fröhlich sein, vielleicht sogar zum Schlusse ein Tänzchen riskiren. Auf mich, so dachte ich, hätten Sie absichtslos vergessen, denn so viel ich weiß, leben wir im besten Einvernehmen, und da alle Bewohner Möllendorfs geladen waren, konnte ich mich doch nicht für ausgeschlossen halten. Nicht wahr, Sie haben auf mich nur vergessen?

     Wilhelm (bei Seite).

Bravissimo, Landwehr!

     Eugenie (verlegen).

Natürlich, im Drange der Geschäfte —

     Hans (zu den Bauern).

Da hört Ihr es selbst. Ich aber dachte weiter: Wenn Du einige Stunden nach Beginn des Festes kommst, wird die Gesellschaft bereits ein paar Gläser Wein getrunken haben und lustig sein —

     Schneider (wie unwillkürlich).

He he!

     Bauer
   (hält ihm die Hand auf den Mund).

     Hans.

Da werde ich denn kommen und zu meinem Nachbar Möllendorf sagen: „Nachbar, Ihr habt auf mich vergessen, zur Strafe will ich Euch auch traktiren, setzet Euch zu mir und seid Gast bei Eurem Gaste. Ein kleiner Spaß sollte das sein, aber keine Beleidigung.

     Schneider.

Na also! Und was für ein reizender Spaß! Wo sind denn die Körbe?

     Bauer.

Schneider, seid still.

     Hans (zu Eugenie).

Erhalten nach dieser Erklärung meine Körbe auch selbst noch einen Korb?

     Eugenie.

Allerdings. Wir haben mit einander nichts zu schaffen.

     Möllendorf.

Aber Eugenie!

     Die Gäste.

Aber gnädige Frau, so hören Sie doch nur —

Eugenie.
Ich will nicht — ich will durchaus nicht — um keinen Preis!

Hans.
So so! Na, Sie sind die Frau vom Hause, Sie haben zu befehlen. (Zu den Landleuten.) Kinder, ich wäre gerne ein paar Stunden mit Euch lustig gewesen, die gnädige Frau will aber nicht, ich nehme meine Körbe und mein Faß wieder mit, sage die bestellte Musik ab und gehe nach Hause. Wer etwa hinüber zu mir kommen will —

Alle.
Lieber Herr Nachbar —

Schneider.
Wir gehen Alle mit Ihnen.

Bauer.
Schneider, seid still.

Schneider.
Ich will nicht still sein. Man behandelt den guten Herrn hier in einer für uns Alle beleidigenden Weise, daraus sieht man am Besten, wie man uns hier achtet. Der gute Mann soll sich nicht umsonst bemüht haben, die Gottesgabe darf nicht verderben, weil es die gnädige Frau will. Wir gehen Alle mit und essen bei ihm. Die Satisfaction müssen wir dem wackern Herrn geben.

Mehrere.
Ja, wir gehen mit.

Möllendorf (sie beschwichtigend).
Aber meine Herrschaften, ich bitte —

Wilhelm.
Ja, meine Lieben, die gnädige Frau zwingt Euch zur Entscheidung. Ihr werdet, wenn Ihr ihr Benehmen billigt, hier bleiben, oder mit uns gehen, wenn Ihr glaubt, daß sie uns Unrecht thut. Ueberlegt also —

Schneider.
Da ist nicht viel zu überlegen. Auf der einen Seite Stolz, auf der andern Leutseligkeit, auf einer Seite ein Dutzend Körbe, auf der andern Hun—

Bauer.
Schneider, seid still.

Schneider.
Ich gehe. (Zu Eugenie.) Nichts für ungut!

Die Gäste.
Wir gehen Alle. (Zu Eugenie.) Nichts für ungut.
(Nehmen Hans in die Mitte und gehen tumultuarisch ab.)

Wilhelm
(sich vor Eugenie verbeugend).
Gnädige Frau, ich empfehle mich. (Ab.)
Eugenie (vor Zorn weinend).
O Sie! — Sie Teufel, Sie! (Sinkt in einen Sessel.)

12. Scene.

Franz und **vier Diener** (tragen von rechts große Theekannen über die Bühne.)

Franz.
Der Thee!
Möllendorf (zu Eugenie).
Den kannst Du nun selbst trinken!

(Gruppe.)

(Der Vorhang fällt.)

Dritter Akt.

Dieselbe Dekoration. Die Thüren nach dem Garten sind geschlossen.

1. Scene.

Möllendorf (allein).

(Wie der Vorhang in die Höhe geht, hört man einige rasch auf einander fallende Böllerschüsse. Nach einer kleinen Pause kommt von Seite links Möllendorf, aufgeregt, den Hut auf dem Kopfe.)

Möllendorf.
Eine saubere Geschichte! Nun bin ich mit Pauken und Trompeten durchgefallen! Der junge Stille erhielt alle Stimmen, ich eine einzige, die seine. Das habe ich meiner Frau zu danken, die hat mich in diese Geschichte hineingetrieben, ich wollte ja gar nicht Gemeindevorsteher werden. Gewählt wollte ich nicht sein, aber durchfallen mag ich auch nicht. Was diese Bauern für Gesichter machten, besonders dieser Schneider, der ausgesprochene Hohn lag in seinen Mienen, und er rekommandirte sich dabei noch meinem Wohlwollen. Ich kann gar nicht mehr ausgehen, muß mich in meinem Hause vergraben, wie ein Maulwurf! Es ist abscheulich!

2. Scene.

Voriger. Eugenie (von rechts).

Eugenie
(stellt sich vor Möllendorf).

Nun?

Möllendorf (höhnisch).

Dein Plan ist wunderbar in Erfüllung gegangen.

Eugenie
(mit höhnender Ruhe).

Du bist also durchgefallen?

Möllendorf.

So tief, daß ich jetzt noch nicht auf festem Boden bin.

Eugenie.

Durch Deine Schuld, mein Freund! Warum hast Du Dich der Sache nicht wärmer angenommen.

Möllendorf (ärgerlich).

Du giebst mir noch die Schuld? Du, von welcher die ganze Geschichte ausgegangen ist? War ich es, der den wunderbaren Einfall mit der großen Audienz und der sublimen Theegesellschaft hatte? Wenn man agitiren will, meine Liebe, darf man nicht schmutzig sein. Bauern mit Thee traktiren wollen! Schauderhaft! Das verstehen die Andern besser, die brachten wohlriechenden Braten, und der ganze Troß ging mit ihnen, der Nase nach! O ich möchte rasend werden!

(Stampft mit dem Fuße.)

Eugenie.

Und doch bist nur Du allein der Schuldige!

Möllendorf (zorniger werdend).

Eugenie, reize mich nicht. Das Mißlingen Deiner Pläne scheint Deinen Verstand verwirrt zu haben.

Eugenie.

Ich weiß sehr wohl, was ich sage. Hättest Du mehr Thatkraft gezeigt, hättest Du nicht geduldet, daß ich knauserte und die Leute unpassend behandelte, hättest Du mir eine Scene gemacht und mich in meine Schranken zurückgewiesen, die Bauern hätten Deine Männlichkeit bewundert und Dich gewählt. Kann ich dafür, daß Du keinen eigenen Willen hast?

Möllendorf
(außer sich vor Staunen).

Das sagst Du? Alle Wetter! Der Spaß ist nicht übel!

Eugenie.

Diese Leute können vor Dir keine Achtung haben. Du denkst nicht, Du handelst nicht, Du fühlst nicht, Du vegetirst bloß. Ein tüchtiger Mann muß vor Allem Herr in seinem Hause sein, ist er das nicht, hat er auch die Fähigkeit nicht, Andern zu imponiren.

Möllendorf.
Ich kann noch immer nicht zu mir selbst kommen. Du sprichst so, Du, welche seit Jahren mir den eigenen Willen abgewöhnte, welche es dahin brachte, daß ich um des lieben Hausfriedens willen zur Pagode wurde? Mein Erstaunen hat keine Grenzen.

Eugenie.
Statt zu staunen, thätest Du besser, Dich zu schämen.

Möllendorf (immer gereizter).
Eugenie, ich warne Dich nochmals, reize mich nicht! Meine eingeschlummerte Thatkraft könnte erwachen, ich könnte mich als Herrn des Hauses fühlen und —

Eugenie (verächtlich).
Du? Pah! —

Möllendorf.
Eugenie, gehe nicht zu weit, der Löwe in mir ist nicht todt, er schläft nur.

Eugenie (lachend).
Der Löwe in Dir? Du scheinst wenig Naturgeschichte getrieben zu haben.

Möllendorf (drohend).
Eugenie! Siehst Du? Deine Herrschsucht ist schon wieder da.

Eugenie.
Spare Deine Stimmmittel! Mir imponirst Du doch nicht. Sobald Deine Aufregung vorüber ist, denkst Du gar nicht mehr daran, Etwas zu wollen. Du bist ein ganzes Weib!

Möllendorf (auffahrend).
Nun ist's genug! Schweig'!

Eugenie.
Ich muß ja reden sonst herrscht in unserem Hause Todtenstille.

Möllendorf.
Schweig', sage ich Dir.

Eugenie.
Und wenn ich nicht schweige?

Möllendorf (entschieden).
Du hast mit Deinem Hohn etwas Anderes bezweckt, als Du gewollt! Demüthigen wolltest Du mich, die Schuld von Deinen Schultern auf die meinigen wälzen? Du hast Dich geirrt. Ja, ich war bis jetzt ein willenloser Mensch, ich ließ mich von Dir beherrschen, that nur, was Du wolltest,

und machte mich dadurch zum Gespött der Leute. Das ist nun vorbei. Von diesem Augenblicke an übernehme ich die Zügel der Regierung, mein erwachter Wille wird sich Respekt zu verschaffen wissen und sollte darüber unsere Ehe in Trümmer gehen. Gieb Dir keine Mühe mehr, Etwas zu wollen, damit ist's vorbei, jetzt will ich allein! hörst Du? Ich allein!

Eugenie.
Du zwingst mir ein Lächeln ab. Diese unglückliche Geschichte wird in unserem Verhältnisse nichts ändern. Es geschieht zuletzt doch, was ich will.

Möllendorf.
Es kommt ja nur auf die Probe an. Vor der Hand, meine Gnädige, nehmen Sie die Versicherung, daß fortan gerade das Gegentheil von dem geschieht, was Sie wollen! Ich bin jetzt der Herr im Hause. (Rechts ab.)

3. Scene.

Eugenie
(allein, ihm lächelnd nachsehend).

Er der Herr im Hause. Hahaha! Es ist gelungen, er ist wüthend genug, um das Gegentheil vom dem zu thun, was ich sage. Ob ich aber dasjenige will, was ich sage, das zu unterscheiden, ist er zu erregt. So, mein Herr Major, nun ist das Terrain für Sie vorbereitet und die Folgen Ihrer Siege fraglicher als vor Beginn des Krieges. Als der leidende, nachgebende Theil hätte mein Gatte vielleicht meinen Willen erfüllt und Ihnen und Ihrem sauberen Cousin die Thüre gewiesen, mir zum Trotz wird er es um so sicherer thun. (Geht nach rechts zur Seitenthüre.) Bertha! Helene! Kommt doch ein wenig heraus. (Geht nach vorn.) Nun, Verstellung, stehe mir bei.

4. Scene.

Eugenie. Bertha (von rechts). Später Helene.

Bertha.
Mama haben gerufen.

Eugenie
(mit der gewinnendsten Freundlichkeit).

Ich habe Dir Etwas zu sagen, mein liebes Kind. — Herr von Stark hat auf Deine Hand verzichtet.

Bertha (freudig).

Ich hoffte es. (Bittend.) Verzeihen Sie, Mama, ich vergaß, daß diese Verbindung Ihr Wunsch sei.

Eugenie.

Dich glücklich zu machen, ist mein Wunsch. Ob dies nun durch Herrn Stark oder einen anderen würdigen Gatten geschieht, ist mir einerlei.

Bertha.

Wirklich, Mama?

Eugenie.

Warum zweifelst Du? Habe ich mich denn auf diesen Herrn von Stark kaprizirt?

Bertha.

Mir ist es so vorgekommen.

Eugenie.

Weil Du mich verkannt hast, wie mich so Viele verkennen. Ich erfasse jede Sache, welche mir gerecht zu sein scheint, mit Lebhaftigkeit und äußere mich auch so, das halten nun die Menschen für Eigensinn und Herrschsucht. Du lieber Gott, diese Eigenschaften liegen Niemand so fern wie mir. Wenn Du Herrn Stark nicht liebtest, hättest Du mich nur zur rechten Zeit darauf aufmerksam machen müssen, und ich hätte diese Idee augenblicklich fallen lassen.

Bertha.

Dazu fehlte mir der Muth.

Eugenie.

Mit dieser Aeußerung kränkst Du mich sehr.

Bertha.

Ich Sie, Mama?

Eugenie.

Allerdings, sie zeigt mir, daß ich es nicht verstanden habe, mir die Liebe und das Vertrauen meiner Adoptivkinder zu erwerben. Das ist bitter für eine Frau, deren Streben einzig darauf gerichtet war. Der liebe Gott hatte mir eigene Kinder versagt, aber er ließ mich Euch finden. Als ich Euch zum ersten Male in meine Arme schloß, schwor ich mir zu, Euch eine wahre Mutter zu sein. Euch zu lieben, zu hegen und zu pflegen, daß Ihr die eigene Mutter niemals vermissen solltet. Glaube mir, mein Kind, ich habe manche Nacht gewacht und nachgedacht, was ich thun solle, um Eure Liebe zu erringen. Es wollte mir aber nicht recht gelingen. (Mit unterdrücktem Schluchzen.) Ihr waret nur dankbar, geliebt habt Ihr mich nie.

Bertha (sie umarmend).

Sie irren, Mama! Gewiß, wir lieben Sie von ganzem Herzen.

Eugenie (freudig).

O sprächest Du wahr, mein Kind! Doch was nicht ist, kann ja noch werden.

Helene (tritt auf, für sich).

Was geht hier vor?

Eugenie
(hat es bemerkt, für sich)

Die Eine hätte ich, aber auch Helene muß in die Falle. (Laut.) Ich glaube, ich habe es nicht verstanden, Euch zu behandeln. Ich hielt Deine Schüchternheit und Schwärmerei für Kälte und Helenens Lebhaftigkeit für Bosheit. Ihr hättet mich eines andern belehren sollen, aber Ihr zogt Euch zurück, und um den Schmerz darüber zu vergessen, warf ich mich auf die Leitung der äußern und innern Angelegenheiten. Das ist auch vorbei. Ich bin von dem Major von Stille, einem tüchtigen, braven Mann in des Wortes strengster Bedeutung, in meine Schranken gewiesen worden, etwas unzart zwar, aber es hat mich doch zur Erkenntniß meiner Fehler gebracht, und ich will Alles gut machen, was ich verschuldet.

Helene (für sich).

Was höre ich! Welcher Ton!

Eugenie
(Bertha's Wangen streichelnd).

Du, mein sanftes Täubchen, wärst bald das Opfer meiner Verblendung geworden. Doch damit ist's vorbei, wir reden von Stark keine Sylbe mehr.

Bertha.

Ich danke, Mama.

Eugenie (zutraulich).

Dafür wollen wir um so mehr von einem andern jungen Manne sprechen —

Bertha (verlegen).

Liebe Mutter —

Eugenie.

Nun, nun, werde nur nicht roth, mein Püppchen, jedes weibliche Herz muß einmal daran glauben, und es ist immer ein Glück, wenn es sich einen so würdigen Gegenstand ausgesucht hat.

Bertha.

Nicht wahr? August von Stille ist ein vortrefflicher, edler Mensch!

Eugenie.
Gewiß. Kennt er Deine Neigung?
Bertha.
Ich konnte sie ihm nicht verschweigen. Als er mir seine Liebe gestand, mußte ich ihm sagen, daß ich ihn wieder liebe.
Eugenie (bei Seite).
O diese heuchlerische Brut!
Bertha.
Da Sie mir aber dagegen schienen, erklärte ich ihm, daß ich nur mit Ihrer Einwilligung seine Gattin würde.
Eugenie.
Diese hast Du, mein Kind. Ich werde noch heute mit dem Vater reden, August soll nur kommen und um Dich anhalten.
Eugenie (freudig).
Ich darf ihm also schreiben?
Eugenie.
Schreibe ihm nebenbei, er möge den Major mitbringen, ich möchte gar so gerne Helene überraschen.
Helene (bei Seite).
Mich?
Bertha.
Helenen?
Eugenie.
Helene hat kein so weiches Gemüth wie Du, die glaubt meinen Worten und Betheuerungen nicht —
Helene (wie oben).
Da hat sie eben nicht Unrecht.
Eugenie.
Die muß ich mir durch Thaten erobern. Ich will mit dem Major Frieden machen, will ihm danken dafür, daß seine Kur mir meine Weiblichkeit wieder gegeben hat, will ihm zu des Vaters Herzen den Weg ebnen und ihn dann mit der Hand meiner süßen Helene überraschen. Endlich wird der Trotzkopf doch an meine Liebe glauben müssen. O ich freue mich schon kindisch auf den Augenblick, wenn das Mädchen beschämt vor mir steht und überwältigt von seinem Glücke, in meine Arme stürzt und mir zuruft: „Mama, ich liebe Dich!"
Helene
(ist vorgekommen und stürzt in Eugeniens Arme).
Mama, ich liebe Dich!

Eugenie (fast verwirrt).

Helene, Du hast gelauscht! Du hast mir eine große Freude verdorben.

Helene.

Goldene Mama, ich konnte mich nicht zurückhalten. O wie bist Du mit einem Male gut und lieb, ich muß Dich küssen tausend — tausendmal! (Umarmt sie stürmisch.)

Bertha
(von der anderen Seite).

Ich auch! —

Eugenie.

Meine lieben Kinder, das ist der schönste Tag meines Lebens. (Wischt sich die Augen, geht etwas bei Seite.) Die Falschen! Aber mein Plan ist gelungen!

Helene.

Und den Major wollen Sie sprechen, Mama?

Eugenie.

So schnell als möglich.

Helene.

Soll ich ihn herbeischaffen?

Eugenie.

Kannst Du zaubern?

Helene.

Freilich kann ich das, er meinte wenigstens, ich sei bezaubernd.

Eugenie (bei Seite).

Ich platze noch vor Aerger. (Laut.) Nun dann zaubere ihn hierher.

Helene.

Geschwindigkeit ist keine Zauberei, Mama. Es geht Alles auf natürliche Weise zu. Ich mußte doch von dem Ausgang der heutigen Wahlschlacht unterrichtet sein, das wirst Du begreifen, Nachrichten vom Kriegsschauplatz sind jetzt immer sehr gesucht, und da bat ich ihn, sich in unsern Garten zu schleichen, sich in der Fliederlaube zu verbergen und hereinzukommen, wenn ich zweimal in die Hand klatsche. Soll ich klatschen?

Eugenie.

Klatsche, mein Kind, klatsche.

Helene
(öffnet eine Thüre und klatscht).

Da ist er schon!

5. Scene.

Vorige. Wilhelm.

Wilhelm
(stürmt herein, umfaßt Helene, dreht sich mit ihr im Kreise und jubelt).
Sieg auf allen Linien. August ist Gemeindevorstand.
(Erblickt Eugenie, erschrocken.) Alle Wetter!
Helene (übermäßig lachend).
Da steht er, der gewaltige Feldherr, und kann nicht
zur Besinnung kommen. Ihr Herren der Schöpfung wollt
das weibliche Herz kennen? Nicht so viel kennt Ihr davon.
Wilhelm (stottert)
Gnädige Frau —
Eugenie.
Herr Major, ich heiße Sie herzlich willkommen.
Helene.
Ohne Umstände, mein Herr! Küssen Sie Mama die
Hand und umarmen Sie dieselbe. Sie ist gut. Nicht wahr,
Mama, Sie sind gut.
Eugenie (voll Biederkeit).
Ja, mein Herr, kommen Sie in meine Arme.
Wilhelm.
Ich kann vorläufig noch immer nicht zu mir selbst kommen.
Eugenie.
Muß ich Sie bitten, mich zu umarmen?
Wilhelm.
O nicht doch, es ist mir ein Vergnügen. (Thut es, bei
Seite.) Wenn ich nur erst wüßte, wo das hinaus soll.
Eugenie (bei Seite).
Ich könnte ihn vergiften. (Laut.) Ich danke Ihnen für
die mir ertheilte Lektion, sie hat mich meinen weiblichen
Pflichten wiedergegeben. Aus Dankbarkeit mache ich meine
beiden Mädchen glücklich, indem ich ihnen tüchtige Männer
verschaffe. Glauben Sie denn aber mit diesem Trotzkopf
fertig zu werden?
Helene.
O Mama, er ist ja mit Ihnen fertig geworden.
Eugenie (bei Seite).
Kleine Schlange. (Laut.) Nun dann verlieren Sie keine
Zeit, kommen Sie mit Ihrem Cousin noch heute hierher und
bitten Sie meinen Mann um die Hand der Mädchen.
Wilhelm (immer mißtrauisch).
Noch heute?
Eugenie.
Er hat sich die Wahlgeschichte sehr zu Herzen genommen,
und ich fürchte, er beabsichtigt, nach der Residenz zu über=
siedeln. Dann kämen ja die Mädchen von hier fort, die

Sache muß also zu Ende gebracht werden, ehe er seinen Entschluß fest faßt. Das begreifen Sie doch?

Wilhelm.

Sie sind die beste Frau unter der Sonne. (Bei Seite.) Ich muß sie jedenfalls sicher machen. (Laut, mit Emphase.) Ich danke Ihnen für die edle Rache, welche Sie an mir nehmen, und erkläre mich bereit, für Sie durch die Hölle zu gehen, wenn Sie es befehlen! —

Eugenie (bei Seite).

Ich muß hinaus, sonst ersticke ich. (Laut.) Wir sind also Freunde?

Wilhelm.

Für ewig.

Eugenie.

Und Sie werden noch heute?

Wilhelm.

Noch heute Vormittags.

Eugenie.

Ich kann es nicht erwarten, meine lieben Kinder glücklich zu sehen. Nun, Kinder, jetzt liebt Ihr mich? Nicht wahr?

Helene und Bertha (umarmen Eugenie).

Süße Mama!

Eugenie.

Mein erwachtes Gefühl hat mich förmlich überwältigt, ich muß einige Minuten allein sein, dann spreche ich mit dem Vater. (Zu Wilhelm.) Adieu, lieber Sohn.

(Reicht ihm die Hand).

Wilhelm (küßt ihr die Hand).

Eugenie (abgehend).

Er hat die Schlinge um den Hals.

(Ab nach Seite rechts.)

Bertha.

Mama ist ein Engel!

Helene.

Sie scheint vollständig umgewandelt. Räthselhaft! (Zu dem nachdenklich dastehenden Wilhelm.) Nun, was stehen Sie so verdutzt da, die Erfüllung Ihrer Wünsche freut Sie wohl gar nicht?

Wilhelm.

Ich vergaß, Fräulein Bertha zu sagen, daß August den schönen Morgen genießt und in Ihrem Garten spazieren geht.

Bertha.

August hier? O ich eile, ihm unser Glück zu verkünden.

(Mitte ab.)

Helene.

Was machen Sie denn für ein sonderbares Gesicht?

Wilhelm.

Mir ist nicht recht wohl, ich — ich rieche Schwefel.

Helene.

Schwefel?

Wilhelm.

Ja wohl. Der Teufel hat seine Hand in unserem Spiel. Ich traue der guten Mama erst recht nicht.

Helene.

Pfui, Sie sind undankbar.

Wilhelm.

Nur vorsichtig.

Helene.

Womit begründen Sie Ihr Mißtrauen?

Wilhelm.

In der Natur giebt es keine so enorme Sprünge. Ein Charakter, der zu solcher Entwicklung zwanzig Jahre lang gebraucht hat, verändert sich nicht über Nacht. Mama hat einen Anschlag gegen mich vor. Ich weiß nur noch nicht, wohin sie zielt.

Helene.

Wie können Sie von ihrem Herzen so niedrig denken. Das sind schlechte Aussichten für mich, mein Herr. Werden Sie mir auch mißtrauen?

Wilhelm (nachdenkend).

Das ist etwas Anderes, mein Fräulein. Aber Ihrer guten Frau Mama gegenüber kalt ohne Gefühlsverschwendung. Hier hat nur der Kopf zu thun.

Helene.

Und doch sollte nur das Herz reden. Hätten Sie gehört, in welchen Ausdrücken sie von Ihnen sprach. Ihr Mund überfloß von Ihrem Lobe, sie öffnet Ihnen schrankenlos das Herz, will Ihnen bei Erreichung Ihrer Wünsche beistehen, demüthigt sich in Ihrer Gegenwart durch ein offenherziges Bekenntniß ihrer Fehler, und statt diese Liebesgabe mit Liebe aufzunehmen, lassen Sie Ihren Kopf arbeiten. Das ist schändlich!

Wilhelm.

Nur Vorsicht, gerade solcher auffallenden Gefühls-Ueberschwänglichkeit gegenüber. (Faßt sie hart an der Hand.) Mädchen, siehst Du denn nicht, daß nur der Wunsch, Dich zu erringen, alle meine Gedanken in's Treffen führt? Weißt Du nicht, daß ich wahnsinnig würde, wenn ich Dich verlieren müßte? Jene Frau weiß das ganz gut, und ich schwöre darauf, sie führt einen gefährlichen Streich gegen mich.

Helene (ängstlich).

Glauben Sie?

Wilhelm.

Ich fühle die Nähe des Schwertes über meinem Haupte und ruhe nicht eher, bis ich weiß, woher die Gefahr droht. Ich muß mit Ihrem Vater sprechen.

Helene.

Jetzt?

Wilhelm.

Auf der Stelle, bevor Mama ihn gesprochen.

Helene.

Unter welchem Vorwande?

Wilhelm.

Die kleine Brücke, welche sie abermals abtragen ließ, mag mir ein Vorwand sein. Schaffen Sie mir ihn nur hierher. (Bittend.) Um unserer Liebe willen.

Helene.

Ich gehe schon. (Abgehend.) Merkwürdig, man muß thun, was er will. (Seite rechts Thüre 1 ab.)

Wilhelm.

Ich muß mit dem Alten sprechen. Vielleicht findet sich ein Punkt, um welchen sich meine Gedanken ordnen können. Die böse Sieben spielt ihre Rolle sehr gut, ich muß mich gehörig zusammennehmen, damit sie mich nicht in Schatten stellt.

6. Scene.

Wilhelm. Möllendorf und Helene (von Seite rechts Thüre 1).

Möllendorf (eintretend).

Wie ich höre, haben der Herr Major eine Beschwerde vorzubringen?

Wilhelm.

Nicht im eigenen, sondern in meines Onkels Namen. Die Brücke, welche Ihren Park mit dem unseren verbindet, ist binnen 24 Stunden zweimal muthwillig abgetragen worden. Sie wird von den Bewohnern des Dorfes benützt, und ich glaube nicht, daß es Ihr Wille ist, den Leuten diese wohlthätige Abkürzung des Weges zu entziehen.

Möllendorf (bei Seite).

Das ist Eugeniens Werk. (Laut) Gewiß nicht, Herr Major. Ich werde Sorge tragen, daß sie wieder hergestellt wird, und die dauernde Instandhaltung derselben befehlen.

Wilhelm.

Ich danke im Namen der Bewohner. Wird aber nicht

von anderer Seite — ich habe nämlich über die Abtragung so meine eigenen Gedanken — wird nicht von anderer Seite Ihr Befehl —

Möllendorf.
Darüber können Sie ruhig sein. Ich bin selbst der Herr des Hauses, nur meinen Befehlen wird Folge fortan geleistet —

Wilhelm.
Ich will Niemand von der Dienerschaft verdächtigen, ich glaubte —

Möllendorf.
Ich weiß, wer die Brücke abtragen ließ, dennoch wiederhole ich noch einmal: Ich bin der Herr des Hauses —

Wilhelm
(von einem plötzlichen Gedanken ergriffen).
Ich hab's! Ich hab's!

Möllendorf (erstaunt).
Was haben Sie?

Helene
(ist zu ihm getreten).
Nun?

Wilhelm.
Ich bitte tausendmal um Entschuldigung. Ein plötzlicher Gedanke erfaßte mich so mächtig, daß ich mich vergaß. (Leise zu Helene.) Eilen Sie in den Garten, August und sein Vater sollen augenblicklich hierher kommen.

Helene (leise).
Sogleich. (Mitte ab.)

Möllendorf.
Wollen Sie mir nicht erklären —

Wilhelm.
Recht gerne, wenn Sie mir versprechen, nicht böse zu werden.

Möllendorf (erstaunt).
Böse?

Wilhelm.
Allerdings, weil meine Gedanken Ihre Angelegenheiten betreffen.

Möllendorf.
Sie machen mich neugierig. (Winkt ihm, sich zu setzen.)

Wilhelm
(setzt sich zu Möllendorf).
Ich bitte aber, nur das Beste zu glauben, nämlich, daß ich Ihr wahrer Freund bin und Sie durchaus nicht verletzen will.

Möllendorf.
Wozu diese langen Einleitungen?

Wilhelm.
Sie äußerten vorhin, Sie wären Herr im Hause. Erlauben Sie mir, daran zu zweifeln.
Möllendorf.
Mein Herr!
Wilhelm.
Ich wußte es ja, daß Sie mir zürnen werden.
Möllendorf.
Nicht doch, denn Ihr gerechter Zweifel basirt auf den Ergebnissen vieler Jahre. So wissen Sie denn, mein Herr, daß sich heute die Situation vollständig verändert hat. Ich thue nicht mehr, was meine Frau will, im Gegentheil —
Wilhelm.
Sie thun das, was sie nicht will, oder besser was sie nicht zu wollen scheint, und thun demgemäß dennoch das, was sie will.
Möllendorf.
Sie sprechen in Räthseln.
Wilhelm.
Sie verfallen in den Fehler jedes neuen Regimes. Da wird planmäßig abgeschafft, was der frühere Gewalthaber eingeführt hat, unbekümmert darum, ob es gut ist oder nicht. Die wahre Kunst des Herrschens besteht aber darin, nichts aus Trotz und Rancune, sondern das Gute um des Guten willen zu wollen, unbekümmert darum, ob es unter der früheren Herrschaft schon bestand oder nicht.
Möllendorf.
Wie paßt das auf uns?
Wilhelm.
Sie thun jetzt das Gegentheil von dem, was Ihre Frau will, aus Oppositions-Princip. Wenn sie nun das Gegentheil von dem verlangt, was sie will, setzt sie, wie früher, immer ihren eigenen Willen durch. Begreifen Sie?
Möllendorf.
Vielleicht haben Sie nicht unrecht.
Wilhelm.
Ich weiß zufällig etwas, was Ihre Frau will, und so können wir gleich eine kleine Probe machen.
Möllendorf.
Sie wissen?
Wilhelm.
Ihre Frau will sich an mir und August rächen, sie will, daß Sie uns die Thüre weisen und sodann Möllendorf verlassen und nach der Residenz ziehen.
Möllendorf.
Nicht möglich!

Wilhelm.
Ich weiß es gewiß. Geben Sie Acht. Sie wird uns demnach scheinbar in ihre Protektion nehmen und von ihrem gegenwärtigen Aufenthaltsort schwärmen.
Möllendorf.
Sie hofft so meinen Willen zu beeinflussen?
Wilhelm
(sieht die eintretende Eugenie).
Da ist sie schon! (Leise). Nun merken Sie auf, was sie für Anstrengungen machen wird, mich fortzuschaffen, um Sie allein zu haben.

7. Scene.

Vorige. Eugenie (von Seite rechts, Thür 2).

Eugenie (für sich, im Eintreten).
Der Mensch noch hier! Was will er? (Tritt auf ihn zu.) Sie hier, Herr Major?
Wilhelm.
Ich hatte mit Herrn von Möllendorf einige Wirthschaftsangelegenheiten zu besprechen.
Eugenie.
So? (Leise zu ihm.) Verlassen Sie uns, ich muß ja meinen Gatten vorbereiten.
Wilhelm (leise zu Möllendorf).
Fängt schon an. (Laut.) Ich komme so schwer ab, und da wir noch nicht zu Ende sind, möchte ich —
Eugenie (dringender).
Wissen Sie denn nicht, was ich will? So gehen Sie doch. (Laut.) Es ist mir ein Vergnügen, Sie bei mir zu sehen. —
Wilhelm.
Zu gütig. Ich wäre ohnedem nicht fortgegangen, weil ich meinem Onkel und August versprochen habe, sie hier zu erwarten.
Eugenie (leise heftig).
Mensch, sind Sie denn bei Sinnen? ich muß ja erst mit meinem Manne sprechen.
Möllendorf.
Die Herrn von Stille kommen zu mir? (Bei Seite.) Sie zischelt in Einem fort. Er hat Recht.
Wilhelm.
Allerdings, denn sie haben eine große Bitte an Sie.

Möllendorf.

So?

Eugenie (heftiger).

Wollen Sie denn Alles verderben? Gehen Sie endlich!

Wilhelm (leise).

Ich bleibe, damit Sie nicht Alles verderben.

Eugenie (fast aufschreiend).

Ah!

Möllendorf.

Was hast Du denn?

Eugenie.

Ich habe mich gestochen.

Wilhelm.

Gnädige Frau haben einen Stich bekommen?

Eugenie (leise zu ihm).

Sie wollen also nicht fort?

Wilhelm (ebenso).

Ich habe Ihr Gesicht unter der Maske gesehen.

Eugenie
(stampft mit dem Fuße).

Ich könnte ihn umbringen.

Möllendorf.

Was hast Du denn?

Wilhelm.

Die gnädige Frau versichert mich eben ihrer Protektion. Ich werde sie brauchen.

Eugenie (für sich).

Warte, sie soll Dir gründlich werden!

Wilhelm.

Da kommt mein Onkel.

8. Scene.

Vorige. Helene. Bertha. Hans und August (durch die Mitte).

Möllendorf
(steht auf, ihnen entgegen).

Meine Herren.

August.

Wir kommen, Herr von Möllendorf, uns zu versichern, daß das Ergebniß der heutigen Wahl nichts geändert hat an den freundnachbarlichen Beziehungen zwischen uns.

Hans.

Obschon wir gerne bereit sind, dieselben mit viel innigeren zu vertauschen.

Eugenie (für sich).

Die Leute wachsen mir über den Kopf, ich muß den Knoten zerhauen.

August.

Vor Allem bitte ich Sie, mir in vorkommenden Gemeindeangelegenheiten Ihren Rath und Ihre Erfahrung nicht zu entziehen. Ich bin erst kurze Zeit hier —

Hans.

Jedoch lange genug, um zu bemerken, was Sie für wunderliebe Töchter haben, Herr Nachbar. Darum ohne viele Umstände: Ich bin hier, um für August um Bertha's und für Wilhelm um Helenens Hand zu werben.

Möllendorf.

Meine Herren, Ihr Antrag überrascht mich so sehr, daß —

Hans.

Sie kennen uns und unsere Vermögensverhältnisse, also ist es leicht —

Möllendorf.

Allerdings —

Eugenie (dazwischen tretend).

Meine Herren, Ihr Antrag ehrt uns hoch, muß aber auf alle Fälle doch überlegt werden. Sie werden mir, der Frau vom Hause, wohl erlauben, mit meinem Gatten ein paar Worte unter vier Augen zu sprechen.

Hans.

Gewiß, gnädige Frau.

Eugenie (zu Wilhelm).

Der Herr Gemeindevorstand und der Herr Major werden wohl auch nichts dagegen haben —

August.

Sie haben zu befehlen.

Wilhelm (leise zu Möllendorf).

Nun passen Sie auf, nun kommt's.

Eugenie.

Ich bitte die Herrschaften, auf einige Minuten ins Nebenzimmer zu treten. Helene, zeige dem Herrn Major die schöne Aussicht aus Deinem Zimmer. (Begleitet Hans, August, Wilhelm und die Mädchen zur Thüre 2 rechts).

Möllendorf (leise).

Ich bin in der That neugierig!

9. Scene.

Möllendorf. Eugenie.

Möllendorf.
Du wirst wieder aufgeregt. Ist das Deine Demuth?
Eugenie.
Demuth hin, Demuth her. Ich habe genug Komödie gespielt —
Möllendorf.
Komödie?
Eugenie.
Und will Dir nun die Wahrheit sagen. Ich gebe meine Rechte nicht auf, ich will im Hause herrschen, mehr denn je, und versuchte, Dich durch Sanftmuth einzuschläfern. Poltere und wüthe, so viel Du willst. Es geschieht doch, was ich will.
Möllendorf.
Das kommt auf den Versuch an.
Eugenie.
Und so sage ich Dir denn, Du wirst Deine Entschlüsse, welche ich sehr wohl kenne, nicht ausführen, Du wirst Möllendorf nicht verlassen, um Dich in der Residenz vor der Schmach Deines Durchfallens zu verbergen. Du wirst die ehrenwerthen Leute, welche da sind und aus Deinen Händen ihr Glück empfangen wollen, nicht hinaustreiben, um Dein Müthchen an ihnen zu kühlen. Du wirst Ihre Wünsche erfüllen, wirst Ihnen die Mädchen geben. Ich will es, hörst Du, ich will es!
Möllendorf (ernsthaft).
Ich werde Dir zeigen, daß ich Kraft und Ruhe genug habe, mein Haus selbst zu beherrschen. Dein Wille kümmert mich gar nicht, es geschieht nur der meine.
(Geht zur Seitenthür 2 rechts).
Eugenie (für sich).
Er ist auf der rechten Höhe! Nun, Herr Major, kommt mein Sieg!
Möllendorf (in die Thüre).
Ich bitte, einzutreten.

10. Scene.

Vorige. **Hans, August, Wilhelm, Helene** und **Bertha** (kommen heraus).

Möllendorf.
Meine Herren, ich habe Ihren Antrag reiflich erwogen und denselben mit meiner Frau besprochen —
August.
Was haben wir zu hoffen?